目次

口絵・本文イラスト／香坂あきほ

1

「大丈夫だよ、颯人《はやと》。大丈夫だから」

共に車に乗り込んだときから――否、寮を出たときからずっと、御巫《みかなぎ》颯人は従兄弟《いとこ》の御巫聖《せい》夜《や》にそう慰められ続けていた。

「……うん……うん……」

心情的には返事をする余裕もない。そんないっぱいいっぱいの状態であるにもかかわらず、己の心配をしてくれている聖夜に対し、颯人は気を遣い返事をする。

「大丈夫だよ。伯父さんはきっと死なないよ。死ぬわけがない」

「……うっ……」

父が脳溢血《のういっけつ》で倒れた。未だ意識はない。すぐに病院に駆けつけられたし――午後の授業が始まる前に担任に呼び出され、いきなりそう告げられた颯人は、とるものもとりあえず同じ高校に通う従兄弟の聖夜に付き添われ、十二月初旬の冷たい風が吹きすさぶ中、一路都内の病院を目指した。

颯人と聖夜の通う高校は九州にある全寮制の男子校であり、東京《とうきょう》までの距離も時間もかなりかかる。

遠距離ゆえ詳しい状況のわからない中、果たして父は一命を取り留めるのか。どうか生きていてほしい、と祈り続ける彼にとって、『死』という単語はたとえそれが『死なない』という否定形の表現であっても耐え難いものだった。

本当に死んでしまったらどうしよう――心配が募るあまり颯人の綺麗《きれい》な、そして大きな瞳から、ぼろぼろと涙が零《こぼ》れ落ちる。

「大丈夫だよ、颯人。死なないってば」

鷹揚《おうよう》な性格をしている聖夜は、人の心の機微にそう敏感なほうではない。それゆえまたも自分にとって辛《つら》い言葉を繰り返したのだが、そんな彼を責めるつもりは颯人には毛頭なかった。

「あ……りがと……だいじょ……だいじょう……ぶ……だから……っ」

こうも泣いていてはますます心配をかける、と、必死で涙を堪え、笑顔を見せようとする。

実の父親が危篤《きとく》であるという、十八歳の少年には受け止めがたい状況下にあるにもかかわらず、相手を思いやる颯人を知る者は皆、『天使のような少年』という。

颯人が『天使のよう』であるのは性格ばかりではなく、彼の容姿もまたまさに『天使』そのものだった。

純粋な日本人なのだが、一見、ハーフかクオーターのような色素の薄さである。恥ずかしがり屋である彼の色白の頬《ほお》はちょっとしたことで薔薇《ばら》色に染まり、茶色がかった大きな瞳はすぐに潤んだが、意外にも我慢強い性格をしているために滅多なことで涙を零すことはない。長い睫《まつげ》に縁取られたその瞳と同じく、茶色がかった髪は綺麗なウエーブを描き、白い小さな顔を引き立てた。

美少女のようなその容貌《ようぼう》を『宗教画の天使』にたとえる人間は今まで彼の周囲に数多くいたが、この『天使』はバックグラウンドもまた人目を惹くものだった。

御巫という珍しい姓から連想する者も多いだろうが、今や生死の境にいるという彼の父、御巫颯一《そういち》は銀座《ぎんざ》の老舗《しにせ》にして高級ホテルである『帝都《ていと》ロイヤルホテル』の社長である。

帝都ロイヤルホテルは創業昭和三年という、銀座でも——否、日本国内でも有数の由緒あるホテルであり、御巫家の長男が代々社長を務める。颯人は現社長である颯一の一人息子だった。

母親は彼が五歳のときに早世した。以降、颯一は再婚することなく今にいたっているため、もし颯一が亡くなりでもした場合、ホテルをはじめとする彼の莫大な財産を相続するのは颯人ということになる。

後部シートの隣に座り、不器用ながらも颯人を慰めようとしている彼の名は聖夜といい、颯人の従兄弟にあたる。颯人の父、颯一の弟にしてホテルの専務取締役の順二《じゅんじ》の長男で、颯人と同じ全寮制の高校に通っている。二人は生まれ年が同じな上、幼稚園から高校に至るまですべて同じ学校に通っており、従兄弟ではあったが実の兄弟のように仲が良かった。

クリスマスに生まれたので『聖夜』と名付けられた彼もまた、整った顔立ちをしている。従兄弟といえども、互いの父親の容姿がまるで似ていないのと同じく、二人もまったくタイプの違う美形で、美少女と見紛《みまが》う颯人に対し、聖夜は既に『青年』の容貌をしていた。品のある二枚目、といわれることの多い彼は、通っているのが全寮制の男子校であるにもかかわらず、多くの女友達を持つ。

同い年ではあるものの、颯人に比べ外見も中身も大人びていた彼は、自ら『颯人の保護者』を名乗り、内気な颯人がその内気さゆえ、そしてバックグラウンドの凄《すご》さゆえになかなか友人ができないでいるのを陰ながら支え、他のクラスメイトとの橋渡し的役割をも担っていた。

颯人にとっては実に頼りになる存在である聖夜は、父危篤の連絡を受け、茫然《ぼうぜん》自失となっていた颯人を急き立て病院にも向かわせてくれた。

「もうすぐ到着だ。さあ、気を確かに持って」

今も必死で自分を元気づけようとしてくれる聖夜に、

「……あ、ありがとう……」

と涙を拭《ぬぐ》いながら颯人が礼を告げたときに、車は都内のS病院へと到着した。

「颯人君、聖夜、こっちだ！」

車内から聖夜が連絡を入れていたため、病院のエントランスには聖夜の父、順二が待ち受けていて、二人の姿を認めると大きな声で呼びかけてきた。

「お父さん、伯父さんは？」

　聖夜がまず気づき、父に駆け寄って問いかける。

「集中治療室に入っている……が、命は取り留めたから安心していいよ、颯人君」

　問いかけたのは息子であったが、順二が答えた相手は息子の後ろで真っ青な顔をしていた甥《おい》の颯人だった。

「……ほ……本当ですか……？」

　命を取り留めた——その言葉を聞いた途端、颯人の両目からはぼろぼろと涙が零れ落ち、同時に全身から力が抜けた彼はその場にへなへなと座り込むことになった。

「颯人！」

　慌てて聖夜が駆け寄り、颯人の身体を支えて立たせる。

「う……っ……うっ……」

　泣きじゃくる彼の背にしっかりと腕を回すと聖夜は、

「さあ、お父さんのところへ行こう」

　という父の声に頷《うなず》き、ＩＣＵへと向かい歩き始めた。

「伯父さん、どういった状態で倒れたの？」

　颯人の代わりにとばかりに、聖夜が父に問いかける。

「ああ、今朝、朝礼の時間になってもいらっしゃらないので、藤本《ふじもと》が部屋に迎えにいき、そこで意識を失っている兄さんを見つけたんだ。幸い倒れてからそう時間は経っていなかったようで、すぐに救急車を呼びことなきを得た」

「よかった……本当によかったね、颯人」

父親の説明を聞き、聖夜が颯人に笑いかける。

「うん……」

ようやく落ち着きを取り戻していた颯人は聖夜に頷き、改めて叔父に礼を言った。

「叔父さん、ありがとうございます」

「礼には及ばないよ。私もおろおろするばかりでなんの役にも立たなかったからね」

叔父が笑って横を歩く颯人の肩を叩《たた》く。

「何もかも、藤本のおかげだ。彼の判断と行動が迅速だったからこそ兄さんは――お父さんは一命を取り留めた。今は眠っているが、ＩＣＵには入れるから行ってくるといい。颯人君もお父さんの顔を見て安心したいだろう?」

「はい」

頷きながらも颯人は、先ほどから叔父が何度か口にした『藤本』というのは誰だろうという疑問を覚えていた。が、今は何より父の無事を確認したい、と、叔父の指示のもと『集中治療室』と書かれたドアへと向かおうとした。

「……あ……」

ドアの前には今、一人の長身の男が佇《たたず》んでいた。その姿が目に入った瞬間、颯人の口から小さな声が漏れ、あれほど急いでいた足が止まる。

颯人を立ち止まらせたのは、男の風体《ふうてい》があまりにこの場にそぐわないから――ではなかった。

確かに男は病院内では非常に浮いていた。というのも彼は黒の燕尾《えんび》服にクロスタイといういかにもフォーマルな服装をしていたのである。

場所的にそぐわなくはあったが、男にはその服装がよく似合っていた。男が非常に整った、そして上品な顔立ちをしていたためだ。

綺麗に撫《な》でつけた黒髪には一筋の乱れもない。きりりとした眉の下、黒目がちの綺麗な瞳が真っ直ぐに颯人をとらえている。

すっと通った鼻筋、厚すぎず薄すぎない形のいい唇、と、整いすぎるほど整っている男の顔に見惚《みと》れるあまり、颯人の足が止まった――というわけでもない。

颯人にとって、今目の前にいる燕尾服姿の美丈夫は見覚えのある相手であった、その驚きから思わず声を漏らし足を止めたのだが、颯人の前を歩いていた叔父が男に呼びかけたその名を聞き、驚きは更に増したのだった。

「藤本！　颯人君が到着した。すぐに中へお連れしてくれ」

「はい、かしこまりました」

叔父の呼びかけに、ただでさえ姿勢のよかった男が更にすっと背筋を伸ばしたあと、深く頭を下げる。

「……藤本……さん……？」

先ほど、父の命を救ったと言われていたのは彼のことだったのか、と目を見開いた颯人に視線を向け、燕尾服の男が――藤本が、口元を少し引き上げるようにして微笑《ほほえ》んでみせてから、深く頭を下げる。

「おかえりなさいませ。颯人様。これからお父上のもとへお連れいたします」

「……え……？」

違和感がありすぎる丁寧口調に戸惑い、小さく声を漏らす。颯人の疑問はすぐ、叔父が察したらしく、

「ああ、颯人君は藤本とは初対面か」

と紹介してくれた。

「彼は藤本景《けい》といってね、当ホテルの執事だ。いわばサービス部門の長という役職にある」

「し、執事……」

帝都ロイヤルホテル内においては確かに『執事』と呼ばれる役職があることは勿論《もちろん》、将来ホテルを継ぐことになる颯人もよく知っていた。『使用人頭』ともいうべきその役職は、サービス部門の責任者を意味するもので、その役割を担うのは年配の、それこそ役員クラスの人間であるという認識だった。

だが目の前にいる藤本は、どう上に見積もっても二十代後半、おそらく二十四、五歳だと思われる。そんな若い彼が『執事』とは、と驚き声を漏らした颯人は、その『執事』ににっこりと微笑まれ、はっと我に返った。

「し、失礼しました。御巫颯人です。父が本当にお世話になりまして、その……」

命の恩人だという話だったのに、まだ礼すら言っていなかった、と頭を下げる颯人の頬は今や真っ赤になっていた。

色素の薄い彼は、赤面すると他人より目立つこともあり、からかわれることが多い。それゆえ颯人はますます自分の赤面症を恥じるようになり、今もまた赤い顔を見られるのが恥ずかしいと頭を上げられなくなってしまった。

「何も失礼なことなどございません。参りましょう、颯人様」

何を言ったらいいのかと、言葉すら失い俯《うつむ》いていた颯人の耳に、静かな、そして温かくも優しげな声が響く。

「……あ……」

柔らかなその声音に誘われ顔を上げた先で、藤本がにっこりと微笑み軽く会釈をしてからＩＣＵの扉に向かい先に立って歩き始めた。

「さあ、颯人君」

叔父に促され、慌てて藤本のあとに続く。

「俺も行くよ」

そのあとに聖夜が続こうとしたが、「お前は行かんでいい」と父親に止められた。

「なんでだよ。俺だって伯父さんを見舞いたいよ」

「あとにしなさい」

どうやら親子水入らずで、と気を遣ってくれたらしい叔父と聖夜とのやりとりを背中で聞きながら颯人はICUの自動ドアから中に入り、その場にいた看護師の指示どおりスリッパに履き替えたり髪を覆ったり白衣を着たり消毒をしたり等の入室の準備をして室内に入った。

藤本は入室しないようで、颯人の準備を傍で見守っていたが、その間彼の背筋はピンと伸びたまま微動だにしていなかった。

「……あの……」

準備が完了し、看護師が父のベッドへと導こうとしたので颯人は藤本を振り返り、本当に行かないのかと確認を取ろうとした。

「いってらっしゃいませ」

颯人が口を開くよりも前に彼はまた唇をきゅっと引き結ぶようにして微笑むと、颯人に対し丁寧にお辞儀をしてみせた。

「い……ってきます……」

一人で向かうのは実際心細くはあった。が、それ以上に颯人が戸惑いを覚えていたのは、藤本のような大人にこうも丁寧に接せられたことがないためだった。

なんだか落ち着かない、とちらと振り返ると、藤本はじっと颯人を見ていたようで、またも微笑み頭を下げた。

「…………」

大人の男の人に頭を下げさせるなんて、と申し訳なさが募り、二度と振り返るまいと颯人は心を決め、看護師と共にＩＣＵへと入っていった。

「こちらです」

室内にはそれぞれ、ビニールのシートで囲われたベッドが六台あり、颯人の父のベッドは一番奥の右手だった。

「……お父さん……」

身体のいたるところにチューブが入っている父の姿を目の当たりにし、颯人の目から涙が溢《あふ》れてくる。

「安心してくださいね。ほら、血圧も脈拍も落ち着いているでしょう？　それに先ほど少し意識が戻ってね、弟さんとお話しされていましたよ」

泣きじゃくる颯人を宥《なだ》めようとしたらしく、看護師が優しく声をかけてくる。

「……ほ、ほんとですか……？」

自分の目には父はげっそりとやせ細り、顔色も悪く見える。死に限りなく近いところにいる

ように見えるのだが、と看護師に問いかけると、

「本当ですよ。私も近くにいましたけど、意識も、それに言葉もはっきりしていましたよ」

にっこり、と看護師は微笑み、頷いてみせた。

「ありがとうございます……」

よかった――安堵《あんど》がまた颯人の涙腺を緩め、涙が止まらなくなる。

「出ましょうか」

父親の意識が戻る気配がないと見たのか、看護師は声を殺して泣く颯人の背を促し、ＩＣＵの外に出た。

「おかえりなさいませ」

颯人を見送ったときと、藤本はまったく同じ場所に立っていた。颯人の姿を認めると、そう深く頭を下げて寄越す。

「あ、あの……」

ここで『おかえりなさいませ』と迎えられるとは思っていなかった颯人は戸惑いの声を上げた。

「どうぞ」

藤本がそんな彼に向かい、手にしていた白いハンカチをすっと差し出してくる。

「……あ、ありがとうございます……」

自分の頬が涙に濡《ぬ》れていることに、今更ながら気づいた颯人の頬にカッと血が上った。慌ててハンカチを受け取り涙を拭っていた彼に、藤本が相変わらず柔らかな口調で問いかけてくる。

「社長とはお話がおできになりましたか?」

「いえ……できませんでした……」

答えてから颯人は、そうだ、父は叔父に何を話したのだろうと問おうとしたのだが、それより先に藤本が口を開いていた。

「医師の話では、まず、命に別状はないということでした。後遺症などについては今のところ不明とのことです。専務と二言三言、話されたとのことですが、その際には言葉ははっきりしていらっしゃったそうです」

「……そ、そうですか……」

丁寧に説明してくれている、とは思ったが、今、颯人の胸には一抹の違和感が宿っていた。

「病院側としては、ICUにいる間はいつでも面会いただいてかまわないとのことです。病院に泊まり込むのでもよいという了承は取りましたが、颯人様は長旅でお疲れのご様子。一旦ご自宅に戻り少し休まれてはいかがかと思うのですが」

「……あ、あの……」

口調はどこまでも丁寧だったが、藤本の発言内容は酷く事務的だった。違和感のもとはここにあったのかと思いつつ、颯人はなんと答えようかと迷い『あの』といったきり口を閉ざした。

「専務とご相談されてはいかがでしょう。先ほど専務はご自分が病院に泊まり込むと仰《おっしゃ》っていましたので」

藤本がまた、きゅっと唇の端を引き結ぶようにして微笑み、颯人の顔を覗《のぞ》き込んでくる。

「……は、はい……」

思えば自分は先ほどから彼のこの表情しか見ていないな、と気づいた颯人はついまじまじと藤本の顔を見てしまった。

そこに『かつての』面影を見出そうとしたのだが、藤本は颯人の視線などおかまいなしとばかりに、また微笑み、

「それでは参りましょうか」

と声をかけてくる。

「はい……」

やはり人違いなのだろうか——以前見た男の横顔と藤本の横顔、この二つはぴったりと重なるのだけれども、と思いはしたが、倒れた父が運び込まれた病院でする話じゃないな、と颯人は口を閉ざした。

その後、颯人と入れ違いに叔父と聖夜が父を見舞ったが、やはり意識は戻っていなかったとのことだった。

「颯人君、顔色が悪いな。長旅で疲れたんだろう。今夜は家でゆっくり休みなさい」

ＩＣＵから出てくると叔父はそう言い、颯人の肩をポンと叩いた。

「でも……」

いくら命に別状はないと言われても、やつれた父の姿を目の当たりにしては心配が募る。それで颯人は、自分も病院に泊まり込むと主張したのだが、叔父は彼の希望を、

「大丈夫だから」

と微笑みながらも退けた。

「今夜は私がいる。ゆっくり眠って、明日の朝、また来るといい。なに、その頃にはお父さんの意識も戻っていると思うよ」

「……はい……」

颯人としては、できることなら父が意識を取り戻すまでの間、病院で待機していたかった。が、自分の身体を思いやってくれた上での叔父の申し出を退けることは、心優しい彼にはできないことだった。

それで仕方なく頷き、帰路に就こうとしたのだが、そんな彼の耳にあの柔らかな声が響いてきた。

「専務、わたくしがお送り申し上げます」

「ああ、藤本君、頼むよ」

いつの間にか背後に控えていた藤本を、そして彼の言葉に頷く叔父を、颯人は代わる代わる

に見やったあとに、

「よろしくお願いします」

とそれぞれに頭を下げた。

「それでは颯人様、参りましょう」

お車までご案内いたします、とまたも丁寧に頭を下げ、藤本が先に立って歩き始める。

「大丈夫か？　俺も行こうか？　家、一人なんだろ？」

と、そのとき、叔父の傍にいた聖夜が心配そうな顔で颯人に声をかけてきた。

「あ……」

自分も長旅で疲れているだろうに、優しい気遣いを見せてくれた聖夜に対し、ありがとう、でも大丈夫、と颯人が答えようとするより前に、藤本の声が響いた。

「颯人様ですが、ご自宅ではなく、まずは社長が生活されていたホテルにお連れしようかと考えております。ホテルでしたら我々スタッフがお食事から何からすべてお世話させていただくことができますし、そこでお休みいただくのがよろしいのではないかと思いまして」

「ああ、そうだな。兄さんもずいぶん長いこと家をあけていたからな。冷蔵庫も空っぽだろうし、部屋も埃《ほこり》っぽくなっているかもしれない。そんな家に帰るよりはホテルのほうが快適かもしれないな」

うん、それがいい、と叔父が笑って頷くのに颯人は、

「はい」

と頷き返しながらも、父が自宅ではなくホテルに寝泊まりしていたという事実を初めて知らされ、戸惑いを覚えていた。

「そうなんだ」

聖夜がどこかがっかりしたような顔になり肩を竦《すく》める。

「ホテルならまあ、俺が行かなくても大丈夫か」

「あ、ありがとう」

付き添ってくれようとしたその気持ちは嬉しかった、と礼を言う颯人の声にかぶせ、またも藤本の柔らかな声が響く。

「さようでございますね。おひとりのほうがゆっくりお休みにもなれましょう」

「……あ、あの……」

にっこり、と微笑みながら藤本が口にした言葉を聞き、聖夜があからさまにむっとした顔になる。

「なんだよ、余計な気遣いだとでも言いたいのか?」

「よしなさい、聖夜」

藤本にくってかかる聖夜を叔父が制する。

「あ、あの……」

おろおろとしつつも、この不穏な空気をどうしたら鎮められるのか、と颯人が口を挟もうとしたそのとき、傍らで藤本が聖夜に対し深く頭を下げ謝罪をし始めた。

「いえ、そのようなつもりはございません。お気に障られたのなら謝ります。わたくしはただ、颯人様にゆっくりとご休養していただきたかっただけでして」

「お、俺だって気持ちは一緒だよ」

これでもかというほど下手《したて》に出られ、聖夜は怒りのやり場を失ったらしい。顔はまだむっとしていたものの、藤本の謝罪を受け入れたようだった。

「それじゃ颯人、また明日な」

ゆっくり休めよ、と颯人だけに笑いかけてくるのは、未だに藤本に対する怒りを抱えているその表れなのだろう。颯人は昔から人の感情には敏感で、諍《いさか》いが起こりそうになるとなんとかそれを回避する術《すべ》はないかと咄嗟《とっさ》に頭を巡らせる。

今回、聖夜のほうは腹を立てているようだが、藤本はまるで相手にしていない。争いごとに発展しそうにはなかったが、せっかく気を遣ってくれる聖夜の不快さを少しでも取り除きたくて、颯人は彼に駆け寄るとその手を取った。

「本当にありがとう。聖夜がいてくれて本当に心強かったよ」

「……颯人……」

颯人の言葉を聞き、聖夜の顔がぱっと明るくなる。そうなることを颯人は計算したわけではない。せめて自分は感謝の念を伝えようとしただけなのだが、聖夜はすっかり機嫌を直し、にこにこ笑いながら颯人の肩を叩いた。

「気にするなよ。俺たち、親友じゃないか」

「うん……でも、ありがとう」

親友と言ってもらえたことに、颯人もまた嬉しさを噛《か》みしめていた。内気な颯人は、なかなか人と打ち解けることができず、友達と呼べる級友はごく僅《わず》かである。

颯人の知らないところで彼は『お姫様』と呼ばれ絶大といってもいい人気を博しているのだが、積極的に声をかけてくる者はあまりおらず、常に遠巻きにされていた。

それは各々が牽制《けんせい》しあっているがゆえの現象なのだが、本人にその理由はまるで通じておらず、自分が人好きのしない性格のために友人ができないのだと思い込んでいた。

そんな彼にとって唯一傍にいてくれるのが聖夜であり、颯人は彼に心を許し、どんなことでも打ち明けてきた。

聖夜は活発な性格をしているせいで、友人が多い。彼にとっての自分は、数多くいる友人の中の一人という位置づけなのだろうと思っていたのに『親友』と言ってくれるとは、と胸を熱くしていた颯人の耳に、

「颯人様」

という優しげな声が響いてきた。

「す、すみません……」

かなり前方で待っていた声の主に――藤本に慌てて駆け寄り、颯人が詫《わ》びる。

「私に謝罪など必要ありません」

颯人に向かい、藤本はにっこりと微笑んでそう告げると、

「参りましょう」

と背を向け歩き始めた。

「……は、はい……」

声だけではなく、にっこりと微笑んだその顔も実に品があり、そして優しげであったのだが、なぜか颯人の足が竦む。

一体どうしたことか、と自身の身体の反応に違和感を覚えながらも、颯人は早足で藤本のあとを追った。

もともと颯人は勘がいい。このとき足が竦んだのは無意識のうちに己の身に降りかかる危険を感知したためだということに彼が気づくのに、そう時間はかからなかった。

2

帝都ロイヤルホテルは銀座の一等地にある。病院からは車で十分ほどの距離で、颯人は藤本に伴われタクシーで車寄せに降り立った。

創業八十年を超えるホテルの外観は、創業時の趣を残して終戦後建て直されたあとに数回の改修工事を経てはいるが重厚な雰囲気を湛《たた》えている。決して大規模ではないが、都内では一、二を争う人気の高級ホテルであり、宿泊客の満足度に関しては随一と評判であった。

顧客が満足するその理由の最たるものが、このホテル特有の『執事』の存在である。『執事』というのは、ベルボーイや部屋係など、サービスに携わる従業員の総責任者であり、宿泊客に最上級のサービスを提供できるよう、それぞれの担当係の業務内容に目を配っている。『執事』自身もまた、チェックインで混み合う時間帯にはフロントに、食事時にはレストランに、それ以外の時間はロビーに立ち、さりげなく、そしてこまやかなサービスを客に提供していた。

その『執事』の監督が行き届いていることは、タクシー到着後、すぐに颯人に対し証明されることとなった。

「おかえりなさいませ」

タクシーのドアが開くより前に控えていたドアボーイが、藤本に続き降り立った颯人に対し、それは丁寧に、深く頭を下げて出迎えてくれたのである。

「お荷物をお預かりいたします」

「ここはいい」

恭《うやうや》しげに手をさしのべてきたベルボーイに、颯人が『自分で運びます』と答えるのを待たず藤本が答え、ごくごく自然な手つきで颯人の手からボストンバッグを取り上げた。

「あ、あの、自分で……っ」

「さあ、参りましょう」

慌てて返してもらおうと手を伸ばした颯人に藤本は、にっこりと微笑み、先に立って歩き始めた。

「あ、ありがとうございます……」

またも颯人の胸に一抹の違和感が宿る。

行動自体は自分を思いやってのものだし、口調も丁寧で笑顔も優しい。

だが、藤本は自分の話を聞こうとしない。人に対する思いやりというのは、何より相手が望んでいることを知ろうとするところから始まるのではないか。

――利発な颯人は早くも己の抱く『違和感』の正体に気づいていた。

が、悪意をもって人を見ることのない彼は、だからといって藤本に対し、マイナス感情を持つことはなかった。

藤本が話を聞いてくれないのは、自分が口ごもったり、声が小さすぎたりするせいだ。もっとはきはきと、大きな声で話しかけなければならなかったのだ、と相手ではなく自分を責める。今度話しかける機会があれば、ちゃんと聞いてもらえるよう、しっかり話そう――颯人の反省は、そうも自分を責めなくてもいいのではというようなものも多かったが、彼がいつまでもぐちぐちと悩み、落ち込んでいることは少ない。

反省は改善のためにするものだという思考の持ち主である彼は、ひとしきり反省したあとすぐに善処策を考える。

彼は将来老舗にして名門でもある『帝都ロイヤルホテル』の経営者になるべく、幼い頃から英才教育を施されてきた。

こうした思考の切り替えもまた、彼が人格を形成されるより前に、父親や家庭教師によって植え付けられていたものであり、颯人自身、意識することはない。

それゆえ今回も、藤本に連れられエレベーターに乗り込み、最上階のエグゼクティブフロアに到着する頃には、部屋に入ったらまず藤本に大きな声で礼を言おう、それから父の倒れたときの様子を聞き、今、自分に何ができるのか、何をせねばいけないのかを問うてみようと、非常に前向きなことを考えていた。

「こちらが社長のお使いになられていたお部屋です」

一番奥まった部屋の前に到着すると、藤本は恭しげに頭を下げ、カードキーをかざした。

かちゃ、とロックが外れる音がしたとほぼ同時に、藤本がドアを開く。

「し……失礼します」

室内は無人だろうから声をかけることもなかったのだが、ついそう告げてしまうくらいに、颯人の目に飛び込んできた室内の様子は実に贅《ぜい》をこらしたものだった。

『帝都ロイヤルホテル』の客室は、いかなるゲストをも――富裕層は勿論、国賓レベルの外国人まで――満足させると定評があるほど、高級感溢れるセンスのよい調度品をそろえている。

颯人も客室に入ったことは何度もあるが、今足を踏み入れた彼の父親の『私室』は、ホテルの客室以上になんとも豪華、かつスタイリッシュな部屋だった。それでいて酷く懐かしい感じがする、と思いながら周囲を見回していた颯人は、その理由にすぐ気づいた。

自宅の、父の書斎に雰囲気が似ているのである。壁にかけられているのはまさに書斎にかけられていた絵そのものだった。

友人の画家にもらったというその絵を父はいたく気に入り、在宅中には一番いる時間が長い自身の書斎に飾っていた。

あの絵がこの部屋にあるということは、父の生活の場が家ではなくホテルになっていたとい

う証だ、といつしかじっと絵を見つめていた颯人は、

「寝室にご案内いたしますが？」

という藤本の声にはっと我に返った。

「すみません」

既に寝室へ通じるドアの前に立ち、颯人が追いつくのを待っていたらしい藤本が、相変わらず優しげな声で促してくるのに、颯人は慌てて詫び彼へと駆け寄っていった。

「……っ」

藤本が開いたドアから一歩室内に足を踏み入れた途端、目の前に広がる光景に颯人は言葉を失った。

室内にあるのは、キングサイズのベッド一台のみだったが、そのベッドが酷く乱れていたためである。

上掛けは今、人が起き出したばかりのようにめくれていたし、シーツにも酷く皺《しわ》が寄っていた。

「……も、もしかして……」

父は早朝に倒れたという話だった。ということは、室内は意識を失っていた父が発見されたままの状態に保たれているというわけか、と察したと同時に、颯人の足はがくがくと震え始めた。

「そう、社長はここで倒れていらっしゃったのです」

声を失い立ち尽くす颯人の横をすり抜けるようにして部屋に入ってきた藤本が、颯人のすぐ傍らに立ち、ベッドの横を指さしてみせる。

「酷い頭痛に見舞われ、苦痛から誰かに助けを求めようとベッドを降りたはいいが、その場に崩れ落ちた——といった感じでしたよ」

ここで藤本が颯人に向かい、にっこりと、それは優しげに微笑みかけてきた。

「……あ……」

だが彼の目は少しも笑っておらず、それどころか瞳は今まで颯人が遭遇したことのない変な光を湛えている。

邪悪、という、小説の世界でしか巡りあったことのないそんな単語が、今、なぜにこのタイミングで頭に浮かぶのか。自身の心理に戸惑いを覚えつつも、颯人が反射的に数歩下がったそのとき、不意に伸びてきた手に腕を摑《つか》まれ、ぎょっとしてその手の主を——藤本を見た。

「えっ」

どうして腕を、と問おうとするより前に、視界がぐるりと回り天井が見える。それが、藤本に強く腕を引かれたあとに、その勢いのままベッドに倒されたためだと颯人が察するまでに、数秒の時を要した。

「あ、あの……っ」

わけがわからない、と起き上がろうとした彼の両肩を押さえ込みながら、藤本がベッドに膝《ひざ》で上がりのしかかってくる。

「ふ、藤本さん?」

行為そのものは唐突で乱暴であるのに、物凄い力で自分を押さえ込んでいる藤本の顔には微笑みがあった。

優雅としかいいようのない笑みを湛えたその顔を、藤本がゆっくりと近づけてくる。

「颯人様」

「……は、はい?」

呼びかけられたとき、藤本の息が颯人の唇にかかった。びく、と颯人の身体が震えたのは、彼がこうも他人に顔を近く寄せられた経験が未だないためだった。

内気な彼は男友達もいなければ女友達もまたいない。颯人が通っているのは中高一貫の全寮制の男子校ではあったが、同級生や下級生の多くは日頃交流のある女子校の生徒や、帰省の際に出会ったガールフレンドと交際していた。

聖夜は特定の恋人こそいなかったが、多数のガールフレンドと休日はよく遊びにいっていた。颯人も一緒に行こうと誘われるのだが、赤面症を恥じて滅多に誘いに乗りはしなかった。

そうした同級生たちは当然キスも経験していようが、颯人はキスどころか異性と手を繋《つな》いだこともなかった。

それで、まさにキスせんばかりに顔を近づけられ、驚くと同時に戸惑いを覚えてしまったのだが、そんな彼を見下ろし藤本がくすりと笑う。

「そうも怯《おび》えられると楽しさが勝りますね。颯人様」

「……え……？」

口調は穏やかなものだったが、今や藤本の顔に浮かぶ笑みは『優雅』ではなく、はっきりとした悪意を感じさせるものに変じていた。

「お父様の倒れられたベッドでご自分がこれからどのような目に遭うのか、おそらくまったく想像がつかないでしょうね」

歌うような口調で語りながら藤本が、状況がまるで飲み込めず呆然《ぼうぜん》としていた颯人のシャツの前を摑む。

「あの……っ？」

乱暴すぎる動作にますます戸惑いが増し、颯人が声を上げる。と、次の瞬間、藤本が勢い任せに颯人のシャツの前を開かせたものだから、その声は悲鳴に変わった。

「ひっ」

ぱちぱちとボタンが弾け、シーツの上へと落ちる。一体何が起こったのか、まるでわからないものの、藤本の行為が己に危害を加えるものだと本能的に察した颯人は上体を起こし藤本から逃れようとした。

「暴れないでください」

だが彼の抵抗は藤本に簡単に封じられ、またもベッドに仰向《あおむ》けにされてしまう。肩を押さえ込まれた状態で藤本にベルトを外され、制服のズボンを下着ごと剝《は》ぎ取られた。

「な……っ……何を……っ」

あまりの驚きに一瞬呆然としてしまった颯人だが、すぐに我に返ると両手で藤本の胸を押しやり逃げようとした。藤本は一瞬身体を引いたものの、それは颯人の背を浮かせるための罠《わな》だったようで、颯人が起き上がると同時に彼の着ていたシャツの襟を背中から引っ張り、袖口《そでぐち》のボタンがはまっていたために脱ぎきれないでいたそれで颯人の両手首を手早く縛り上げた。

「藤本さん……っ」

背中で両手を縛ったあと、藤本は勢いよく颯人の身体をベッドへと押し倒し、再びのしかかってきた。

「な、何をするんです……っ」

全裸にされ、ベッドに押し倒される——いくらオクテとはいえそういった情報は耳から入ってくる。颯人は今や、自分が性的な意味での危機に晒《さら》されていることを、いやおうなく察していた。

だがなぜそのような目に遭わねばならないのか、まるで心当たりがない。相手は初対面——実は随分前に会ったことがあると颯人の方では思い出してはいたのだが——であり、その上、父のホテルでサービス部門のトップに立つ男である。

おそらく父の信頼が厚いであろう男が――ホテル内でも、そして世間的にも地位の高い男が、こんな振る舞いをするなんて信じられない、と颯人は震えながらも目を見開き、藤本に問いかけた。

「『何をする』ですって？　自由を奪われ裸でベッドに寝転がされているんです。想像くらいはつくでしょう？」

蔑《さげす》むように笑いながら藤本が、颯人の下肢へと手を伸ばしてくる。

「やめ……っ」

躊躇《ため》らう素振りも見せず藤本が幼い己の雄を摑むのを、颯人は信じがたい思いで見やっていたが、いきなり竿《さお》を扱き上げられ、我に返った彼はやみくもに暴れ始めた。

「やめてください……っ……どうして……っ」

キスもしたことのない彼は勿論、セックスの経験もなかった。他人に自分の性器を触られたこともない。

自慰自体、颯人はあまり経験がなかった。性的なことに対し背徳感を抱いているというわけではなく、もともと性欲が薄いのだが、自分でもそう触れない箇所を他人にいきなり扱き上げられ、颯人は早くもパニック状態に陥ってしまっていた。

「可愛《かわい》いペニスですね」

動揺しまくる颯人を見下ろし、藤本がまたくすりと笑う。

「『やめて』と言いながらも、すぐにほら、硬くなってきた。本当は触って欲しいのではないですか？」

「ちがいます……っ……やめて……っ……くだ……さい……っ」

藤本に意地の悪い口調で告げられた言葉も、颯人にとってはショックだったが、それ以上に自分の身体の反応に彼はより強い衝撃を受けていた。

藤本の言葉どおり、彼の手淫《しゅいん》に颯人の雄は早くも形を成しつつあった。身体は火照り、呼吸も上がっていく。拒絶の言葉を口にしようにも、息が乱れて上手く声が発せない。やがて鼓動が速まり、その音が頭の中で耳鳴りのように響くようになった頃には、颯人の雄は藤本の手の中で張り詰め、先走りの液を零し始めてしまっていた。

「やめ……っ……あっ……」

先端のくびれた部分を執拗《しつよう》に擦りながら残りの三本の指で竿を扱き上げる。経験のない颯人にわかるはずもなかったが、藤本の手淫は実に巧みで、あっという間に颯人の雄を完全に勃起させた。

「こんなに濡らしているのに『やめて』ですか？」

口ばかり、と言わんばかりに笑われる、藤本の言葉が颯人の耳に刺さる。

「本当はもっとしてほしいのではないですか？　いやらしくここを触ってほしい。そうでしょ

う?」

わかっているんだと笑いながら、透明な液が盛り上がる尿道を人差し指で擦り、液をペニスの先端へと塗り込める。

「ちが……っ」

ぞわ、とした刺激が背筋を上り、思わず背を仰《の》け反《ぞ》らせながら颯人が叫んだそのとき、それまで先端をなぞっていた藤本の人差し指の爪が尿道の入り口にぐりっと差し込まれた。

「痛……っ」

叫びはしたが、実際颯人が感じていたのは痛みではなかった。

「痛くはないでしょう?」

そんなことはお見通し、とばかりに嘲《あざけ》る声が頭の上で響く。

「気持ちいいんでしょう?」

「いやあ……っ」

ぐりぐり、と爪でそこを抉《えぐ》られ、もう片方の手で勢いよく竿を扱き上げられた結果、颯人は達し、白濁した液を飛ばしてしまった。

「やはり、嘘をつかれていたのですね」

シーツに顔を伏せ、はあはあと息を乱していた颯人の耳に、優しげな藤本の声が響いてくる。

同時にぎゅっと雄を摑まれ、はっとして顔を上げた先には、にっこり、とそれは優雅に微笑む藤本の綺麗な顔があった。

「いかがです？　お父様が倒れられたベッドのシーツを精液で汚したご気分は」

「……っ」

優雅な口調でそう告げ、優雅な仕草で己の精液に濡れそぼる颯人の雄を扱き上げる。笑顔を作ってはいるが、藤本の目はあまりに冷たく、颯人は告げられた言葉以上に彼の目にショックを受けその場で固まってしまっていた。

何が起こっているのか、まるでわからない。一体なぜ自分はこんな目に遭わされているのか問いかけたいのに、冷徹な眼差しに身が竦み、口を開くこともできない。

だが、藤本の手が相変わらずゆるゆると扱いていた自身の雄が、びく、と微《かす》かに震えたことで、呪縛が解けたように颯人は、はっと我に返った。

「おや、まだお父様のシーツを汚したいのですか？」

雄の震えに敏感に気づいたらしい藤本が、大仰《おおぎょう》に目を見開き驚いてみせる。

「や……っ……やめてください……っ」

茫然自失の状態を脱したあとには、強烈な自己嫌悪が颯人を待ち受けていた。

『お父様のベッド』――今朝、父が倒れたというベッドの上で、淫《みだ》らな行為をしている自分自身が許せない、と颯人は唇を噛む。

望んでしたことではない。無理を強《し》いられての結果ではあるが、父親のベッドに精液をまき散らしてしまったことは事実である。

「ご……ごめんなさい……」

罪悪感が颯人の口から謝罪の言葉を漏れさせた。

「……なぜ謝るんです」

颯人自身、意識してのことではなかったが、頭の上から降ってきた藤本の声で、自分が『ごめんなさい』と告げたことを改めて自覚させられる。

「……え……？」

無体としかいいようのない目に遭っているというのに、根が素直な颯人は問われたことに答えようとし、顔を上げた。一瞬藤本と目が合う。

「…………」

やはり彼には——藤本には以前会ったことがある。苦悩の影を秘めた暗い瞳を目の前にした颯人の脳裏にその考えが浮かぶ。

そんなことを思い返しているような場合ではないというのに、颯人の脳裏には幼い頃の記憶が蘇《よみがえ》りつつあった。

雨の中に佇んでいたあの青年。あの青年こそ——。

だが彼の思考は、見上げる先で藤本がさも呆《あき》れたというように溜《た》め息《いき》をつき、身体を起こしたことで中断された。

「本当にあなたは『良い子』でいらっしゃる」

どこか苛立《いらだ》ちを感じさせる口調でそう告げた藤本が、ポケットからハンカチを取りだしそれで手を拭い始める。

「……あ……」

彼が何を拭っているのか、気づいたと同時に、またも颯人の口からは謝罪の言葉が漏れていた。

「ご、ごめんなさい」

「ですから、何を謝るのです？　私の手を汚したことを謝っているのですか？」

またも大仰に目を見開くというわざとらしいほどの驚愕《きょうがく》の表情をされ、颯人は言葉に詰まる。

「あ、あの……」

「馬鹿な子供だ」

吐き捨てるようにそう告げ、藤本はふいと颯人から目を逸らせるとそのまま部屋を出ていってしまった。

「あのっ!!」

バタン、とドアが閉まる音と、颯人の叫ぶ声が重なって室内に響く。

「…………ど、どうして……」

全裸のまま——そして腕を後ろ手で縛られたこの状態のまま放置され、颯人はただ呆然として閉じられたドアを見つめていた。

何がなんだかわからない。夢でも見ているとしか思えなかったが、次第に身体が冷えてくる感覚は紛う方なく現実のものだった。

ぶる、と身体を震わせた途端、太腿《ふともも》に飛んだ己の精液が、つう、と内腿を伝って流れ落ちた。

「……っ」

既に冷たくなっているその液体の感触に、改めて自分が受けた行為が颯人の脳裏に蘇る。

「いや……だ……」

どうしてあんなことを——ぎゅっと目を閉じ、唇を噛んだ颯人は、目を閉じたことでかえってその場面が頭に浮かんできてしまうことに気づき、目を開く。と、今度は裸に剝かれた自身の下半身が目に飛び込んできて、少しも早くこの状態から脱したくなり、必死でシャツの結び目を解こうともがいた。

結び目はなかなか緩まなかったが、三十分ほど格闘しているうちにようやく手の自由を取り戻すことができた。痛くなってしまった腕を摩《さす》りながら身体を起こし、まずはくしゃくしゃになったシャツを羽織って脱がされた下着を身につける。

ズボンも穿《は》こうとしたが、肌に残る精液を洗い流したくて、颯人は周囲を見渡し、バスルームと思《おぼ》しき方向へと向かって歩き始めた。

バスルームのドアを開き、中を見渡す。父が普段使っていたであろうその空間は、颯人の知る自宅の洗面所そのもので、颯人は思わず洗面台に駆け寄り父が愛用していたシェイバーやタオルやらを手に取っていた。

「……あ……」

洗面台の壁にはめ込まれた大きな鏡に自身の姿が映る。あまりに情けないその姿を見た瞬間、颯人の手から、シェイバーが滑り落ちていた。

「………う……っ……」

くしゃくしゃのシャツの前ははだけ、下半身は下着しか身につけていない。髪は乱れ、目は腫れている、酷い顔をした自分が鏡の中にいた。

床に落としたシェイバーを拾おうとした際には、太腿に飛んだ己の精液が乾いて固まっているさまが目に入り、ますます颯人を追い詰めていく。

慌てて拾ったシェイバーやタオルを洗面台の上に置き、ガラスの戸で仕切られたシャワーブースへと飛び込むと、颯人は蛇口を捻《ひね》った。

「冷た……っ」

温度調節が未だなされていなかったシャワーからは冷水が迸《ほとばし》り、冷たさが颯人に悲鳴を上げさせたが、まずは身体に残る忌まわしいものを——自分が放った精液を洗い落とそうと、手で太腿を擦る。

水の温度が上がっていくにつれ、颯人も落ち着きを取り戻し、自分がまだシャツも下着も身につけたままであったことに気づいた。

濡れて肌に張り付くそれらを脱ぎ捨て、ごしごしと全身を洗う。ペニスも洗おうとしたとき、不意に藤本の指の感触が蘇り、颯人は思わず「ひっ」と悲鳴を上げた。

「……いやだ……っ」

勃起しそうになる自分に強烈な自己嫌悪の念を抱くあまり、迸るシャワーに頭を突っ込み、何もかもを忘れてしまおう、と己に言い聞かせる。

すべては夢だ。あんなことが現実に起こるはずがない。第一、藤本が自分にああも酷いことをする理由は何一つ見当たらないじゃないか。

自身に必死で言い聞かせてはいたが、夢であるわけがないということを颯人はまた自覚していた。

なんとかシャワーを浴び終え、他に着るものがなかったのでかかっていたバスローブを身につける。

「……お父さんの匂いだ……」

思わず口から呟《つぶや》きが漏れたのは、身にまとったバスローブから懐かしい父の匂いが立ち上った気がしたからだった。

気のせいだったのかもしれない。颯人が父に会ったのはもう一年ほど前であるので、彼自身、父の匂いなど覚えているとは思っていなかったのだが、身体を包むのは間違いなく、懐かしい父の匂いだった。

「……お父さん……」

己の身体を抱き締め、更に匂いを深く吸い込もうとする。今、彼の脳裏には、病院のＩＣＵで目を閉じていた父の姿が浮かんでいた。

「お父さん……お父さん……」

命に別状はないという医師の話を信じていいのだろうか。あの目が開くことは果たして本当にあるのだろうか。尽きぬ不安が立て続けに颯人に襲いかかり、彼をいたたまれない気持ちに追いやっていく。

「大丈夫……大丈夫だから……」

死に瀕《ひん》している状態であれば、一人息子の自分を病院に留まらせるだろう。帰宅を許したということは、今日明日、危険だというわけではないはずだ。

動揺はしていたが、実は理性が感情に勝るタイプである颯人は、自分にそう言い聞かせることで落ち着きを取り戻した。

藤本の自分に対する所業は不可解ではあるが、それはいくら考えたところで答えは出ないものだ。

今は頭もまだ混乱しているし、九州からの移動で疲れてもいる。何より父危篤のショックからまだ立ち直れてもいない。ここは明朝までゆっくり睡眠をとり、気持ちを落ち着けるべきだろう、と颯人は一生懸命自分を納得させると、父の残り香のあるバスローブを身につけたまま洗面所を出、ベッドルームへと戻った。

「……………う…………」

視界に飛び込んできた、乱れたベッドを見た途端、必死で冷静であることを保っていた彼の精神は脆《もろ》くも崩れ落ちた。

父の倒れたベッドで自分が何をしたかを、乱れた寝具により思い出させられたためである。

「う……っ……うう……っ」

堪らずその場に崩れ落ち、泣きじゃくる颯人の耳に、声音だけは優しいが口調はどこまでも冷たい藤本の言葉が蘇る。

『いかがです？　お父様が倒れられたベッドのシーツを精液で汚したご気分は』

「……ごめんなさい……っ……ごめんなさい、お父さん……っ」

罪悪感に苛《さいな》まれていた颯人は何度も父に詫び、己の罪を悔いる涙を流し続けた。

3

「おはようございます。颯人様《はやとさま》」

遮光のカーテンが、シャッと音を立てて開かれ、眩《まぶ》しさから目を覚ました颯人は、自分が今どこにいるのか一瞬わからず、ぼんやりとあたりを見回した。

「おや、床でお休みになられたのですか」

天井が高い、と目覚めきっていない頭で見上げていた颯人の耳に、柔らかな声が響く。

「……あ……」

優しげな声ではあったが、嘲《あざけ》るような口調に棘《とげ》がある。それを察した途端、颯人は完全に目覚め、声の主を――藤本《ふじもと》を見やった。

今日も藤本は一分の隙もない格好をしていた。黒燕尾《えんび》はホテルの『執事』としての制服であるのだが、藤本にはこの服がよく似合った。

塵《ちり》一つ、皺《しわ》の一つもついていない礼服姿の彼が、ゆっくりと床の上に座り込む颯人へと歩み寄ってくる。

髪型にも一筋の乱れもなく、黒い革靴もピカピカに磨かれている。完璧、という言葉は彼のためにあるのだろうと、ついその姿に見惚《みと》れてしまっていた颯人だったが、己に注がれる藤本の眼差しの冷たさに気づいたと同時に、はっと我に返った。

「……っ」

昨夜、彼に受けた仕打ちが走馬灯のように蘇《よみがえ》る。

シャツで両手を縛られ、裸に剝《む》かれた挙げ句、性的な悪戯《いたずら》としか思えないような行為をされた。

それだけでも充分、衝撃的ではあったが、そのあと藤本は腕の緊縛を解いてくれもせず、裸のままの颯人を放置し部屋を出ていってしまった。

『馬鹿な子供だ』

冷たく言い捨てたその声音までもが耳に蘇っていた颯人は、次第に近づいてくる藤本に対して脅威を感じ、思わず後ずさろうとした。が、気配を察したのか、藤本は大股《おおまた》で颯人に近づいてくると、怯《おび》える彼の腕を摑《つか》みにっこりと微笑《ほほえ》みかけてきた。

「颯人様、朝食のご用意が調いました。隣の部屋でお召し上がりください」

笑みも口調も、いかにもホテルの従業員らしく丁寧にして洗練されたものだったが、腕を摑む藤本の手には颯人が痛みに悲鳴を上げそうになるほど力がこもっていた。

「わ、わかりました」

その手に引っ張られるようにして立ち上がった颯人の姿を見下ろし、藤本がまたにっこりと微笑み口を開く。

「そのバスローブはお父様が倒れられた夜に身につけていらしたものです。新しいものをご用意するはずが間に合わず、申し訳ありません」

「……え……」

思わず己が着用していたぶかぶかのバスローブを見下ろした颯人の瞳に涙が滲《にじ》む。

父の匂いが強く残っている気がしたのはそのためだったのか――我知らぬうちに自身の身体を抱きしめていた颯人の脳裏に、ＩＣＵで見た身体中に管を差し込まれた父の寝姿が蘇る。

今朝はもう、目覚めただろうか。命に別状はないとのことだったが、後遺症などの心配はないのだろうか。すぐにも父の声を聞き、医師の言うとおり『大丈夫』であるのかを確かめたい。

父を案ずる思いが颯人の瞳に涙を宿したのだが、その涙も続く藤本の言葉を聞いた瞬間、すっと引いていった。

「それにしてもなぜ床でなどお休みになられたのです？　もしやお父様の倒れられたベッドは気味が悪いと感じられたのですか？」

「ち、違います！　気味が悪いだなんて、そんな……っ」

そんなふうに感じるわけがない。父のベッドに自分の精液を飛ばしてしまったことを申し訳なく思ったからで――と颯人が首を横に振りかけたそのとき、いきなりぐいと取られていた腕を引かれ、バランスを失った彼は前へと倒れ込みそうになった。

「危ない」

自分がそんな状況を作り上げたというのに、藤本は大仰《おおぎょう》にそう声を上げ、自身の胸で颯人を受け止める。

「すみません……っ」

自分には少しの非もないというのに、いつものごとく颯人は倒れ込んだことへの謝罪をし、慌てて身体を起こそうとした。

「な……っ」

だがそれより前に藤本がバスローブの紐《ひも》を解き、合わせからすっと手を差し込んできたのにぎょっとし、動きが止まってしまった。

「それではバスローブもさぞ気味が悪いでしょう。さあ、お脱ぎください」

「違います……っ！　気味が悪くは……っ」

ありません、と慌てて颯人は両手で合わせを摑み、前を閉じようとしたが、中に滑り込んでいた藤本の指がきゅっと乳首を摘み上げてきたのに、う、と息を吞《の》んだ。

びくっと身体も震えてしまったが、颯人自身、自分の身に何が起こっているのか、まるで把握していなかった。

「颯人様はずいぶんと感じやすくていらっしゃるのですね」

それゆえ呆然《ぼうぜん》と立ち尽くしていた颯人に向かい、藤本はにっこりと目を細めて微笑むと、いきなりその場で颯人を抱き上げた。

「な……っ」

仰天するあまり抵抗を忘れていた颯人を抱いたまま、藤本は大股でベッドへと歩み寄ると、どさり、と彼をシーツの上へと落とす。

「何を……っ」

危機を察した颯人は、今更の悲鳴を上げ、伸びてくる藤本の手から逃れようとしたが、時すでに遅し、あっと言う間に藤本に両手を取られ、頭の上で押さえ込まれてしまった。

「や、やめてください……っ」

膝《ひざ》でベッドにあがり込んできた藤本が、バスローブの前がすっかりはだけ、露《あらわ》になっていた颯人の裸の胸に顔を埋めてくる。

「やめ……っ」

昨日、藤本にいいようにされた記憶が、感覚が一気に蘇り、悲鳴を上げた颯人だったが、藤本はまるでその声が聞こえていないかのように悠然と振る舞っていた。

長く出した舌で颯人の右の乳首を舐《な》め上げ、尖《とが》らせた舌先でツンと立ち上がった乳首を今度は肌に塗り込む勢いで舐《なぶ》る。

「なに……っ」

ぞわ、とした不思議な感覚が腰のあたりから背筋を上り、身体がびく、と震えた。と、胸を舐っていた藤本が伏せていた目を上げ、颯人に視線を向ける。

「……や……っ」

視線に誘われ、颯人もまた藤本を見下ろしたのだが、目が合ったことを藤本は確認すると、ニッと笑い、長く出した舌で唾液《だえき》に濡《ぬ》れた颯人の桃色の乳首をゆっくりと舐め上げた。

「……や……っ」

じっと目を見つめられながら胸を舐られ、またも颯人の身体がびくっと震える。堪らず声を上げたのは、自分の格好があまりに恥ずかしく思えたことと、もう一つ、先ほどからの震えは、そして腰のあたりから這《は》い上ってくるざわりとした感覚は、性的興奮によるものだと気づいてしまったためだった。

意識した途端、鼓動は跳ね上がり、身体がカッと火照ったせいで肌にはじんわりと汗が滲んできてしまった。

どくん、と剝き出しの雄が脈打つ。ますます羞恥が勝り、颯人は思わず、

「ちが……っ」

と声を上げてしまったのだが、なぜ『違う』などという言葉が漏れたのかは、自分でもよくわかっていなかった。

「違わないでしょう」

またも藤本が顔を上げ、ぺろ、と乳首を舐め上げながら、左手をすっと颯人の下肢へと滑らせ雄を握り込む。

「……っ」

熱い掌の感触に、またも颯人の幼い雄は、どくん、と脈打ち、形を成し始めた。

「おや？」

わざとらしい声を上げ、藤本が颯人の雄を握り込んでいた自身の手を見下ろす。

「勃《た》ってきましたね」

呆《あき》れた口調でそう言われ、ただでさえいっぱいいっぱいになっていた颯人の頭に血が上った。

「……う……っ」

普段の颯人であれば、人前で泣くのは恥ずかしいという自制心が働いたはずだった。が、今、ある意味極限状態に身を置いていた彼は、恥ずかしさのあまり、その場で泣き出してしまったのだった。

「子供ですか」

ぎゅっと目を閉じ、しゃくり上げる颯人の頭の上で、やれやれ、と言わんばかりの溜《た》め息《いき》を藤本がつく。呆れられても仕方がない、と泣きながらも己を恥じていた颯人だが、再び藤本が覆い被さってきた気配を感じ、はっとして閉じていた目を開けた。

「子供……ではないようですね」

藤本は颯人が目を開くのを待ち受けていたらしい。しっかりと目を合わせてそう笑うと、やにわに胸に顔を伏せ、乳首を舐り始めた。

「やめて……っ……くだ……っ」

さい、と言い切ることはできなかった。乳首を強く噛《か》まれた痛みに身を竦《すく》ませたところ、雄を勢いよく扱き上げられる。

「ひ……っ」

強い刺激に、堪らず颯人の口から悲鳴が漏れる。が、それは苦痛を訴えるものではなく、突然訪れた強烈な快感を受け止めかねてのものだった。

「や……っ……あっ……あっ……」

乳首を舌や歯で虐《いじ》められ、雄を勢いよく扱かれて、颯人は快楽の階段を一気に駆け上っていった。

今や彼の鼓動は早鐘のように打ち、呼吸が追いついていかずに息苦しさすら覚えていた。肌は熱し、全身がびっしょりと汗で濡れている。吐く息すら熱く感じられたが、何より熱いのは藤本の手の中で今にも爆発しそうな状態となっている彼の雄だった。

「もう……っ……あぁ……っ……もう……っ」

自分でも何を叫んでいるのか、颯人にはわかっていなかった。いやいやをするように激しく首を横に振っている動作も、自覚なくやっている。今、彼の聴覚は己の鼓動が頭の中で響き渡るあまり、ほぼ失われた状態であり、自分がそうも切羽詰まった声を上げていることにもまた、まるで気づいていなかった。

「あーっ」

藤本がコリッと音がするほどの強さで颯人の乳首を噛み、雄を扱く手を速める。自慰の経験すらあまりない颯人は、藤本の意のままに達し、白濁した液を彼の手に飛ばしてしまっていた。

「……あぁ……っ」

一瞬、頭の中が真っ白になり、自分がいかなる状況におかれているのかわからなくなる。精を吐きだしたあとの高揚感と脱力感が残る中、はあ、と大きく息を吐き出した颯人だったが、頭の上から降ってきた藤本の冷静な声に、はっと我に返った。

「朝からそうもさかるとは、淫乱《いんらん》な子供だ」

「……っ」

淫乱、などという、聞き慣れない言葉に衝撃を覚えたあまり目を開いてしまった颯人の視界に、にっこりと微笑む藤本の端整な顔が飛び込んでくる。

「早急に病院に参らねばなりません。すぐにもお着替えの上、ご朝食をおとりください」

「……あ……」

まるで今までのことが、夢か幻としか思えないような藤本の、実に爽《さわ》やかでいて丁重な態度に颯人は混乱し、前を合わせることも忘れその場で固まってしまっていた。

「お着替えはそちらにご用意してございます」

いつの間にかベッドから降りていた藤本が、すっと手を伸ばし、ベッドサイドのテーブルの上にたたんで置かれた洋服を示す。

「それでは、隣室でお待ちしています」

またもにっこり、と藤本は微笑むと、深く頭を下げたあとに踵《きびす》を返し、素早く部屋を出ていった。

あっという間にドアの向こうに消えた藤本の後ろ姿を思わず目で追っていた颯人だが、バタンとそのドアが閉まる音が響いたと同時に、自分を取り戻した。

がばっと起き上がり、すっかりはだけていたバスローブの前を慌ててかき合わせる。紐を結ぼうとしたそのとき、バスローブから立ち上る父の匂いに、自分の精液のむっとくるような匂いが混じっていることに彼は気づいてしまった。

「……ご、ごめんなさい……っ」

その場にいない父親に対する、申し訳ないとしかいいようのない思いが胸に溢《あふ》れてくる。堪らず詫《わ》びた颯人の両目からは涙が溢れ、頬《ほお》を伝って流れ落ちた。

「う……っ……う……っ」

父のバスローブを身にまとっていたにもかかわらず、なぜ自分は欲情に流され、いやらしい行為をしてしまったのか。

好き好んで射精したわけではない。理不尽ともいうべき藤本の行動の結果だというのに、颯人は藤本ではなく自身を責め、泣きじゃくった。

と、そのとき、ドアがノックされた直後に大きく開き、藤本が再び部屋に入ってきた。

「……っ」

はっとし、顔を上げた颯人に対し、相変わらずにこやかな顔のまま藤本がひとこと告げる。

「お急ぎください」

「……は、はい……」

顔には笑みが浮かんでいたが、藤本の目は少しも笑っていなかった。深遠たる闇を彼の瞳の中に見た気がし、颯人の身体がびくっと震える。

「すぐに病院に向かわねばなりません」

身を竦ませていた颯人に対し、藤本は笑顔のまま先程と同じ言葉を告げ、深く頭を下げると部屋を出ていった。

相変わらず頭の中は混乱しまくっていたが、病院、という単語が耳に入った瞬間、一刻も早く父のもとに向かいたいという思いから颯人はベッドを降り、シャワーを浴びるために浴室へと走った。

手早く浴び終え、用意された服を身につける。その場に置いてあったのは、白いシャツに昨日着用していた制服に似たスーツだったが、袖丈《そでたけ》も肩幅も、そして丈の長さも、まるであつらえたようにぴったりで、なぜ、と颯人を驚かせた。

しかしその理由を追及している時間はない、と、次の間へと通じるドアに駆け寄り、ノックしてからそっと開く。

「お待ちしていました」

室内にはルームサービスが用意したと思《おぼ》しきテーブルの上に、アメリカンブレックファーストが一人分、並んでいた。

「おかけください」

椅子も一つしかなく、その椅子の背後に佇《たたず》む藤本が、颯人のために引いてくれる。

「すみません……」

やはり藤本の態度からは、自分に対してああも淫《みだ》らな行為を仕掛けてきた、その片鱗《へんりん》も見出すことができない、と颯人は椅子に座りながら、ちらと背後を窺《うかが》った。

「コーヒーになさいますか？　それとも紅茶になさいますか？」

どうやら藤本は給仕もしてくれるようで、後ろから顔を覗《のぞ》き込み、にこやかに微笑みながらそう問いかけてくる。

正直、食欲などまったくなかった颯人は、どちらと選ぶことができず返事に迷った。が、答えないのは悪いと思い、

「それでは、コーヒーをお願いします」

そう言い、ぺこりと頭を下げた。

「かしこまりました」

丁重に会釈をし、藤本が流れるような動作でコーヒーをサーブし始める。

「…………」

そんな彼を目の前にする颯人はまたも混乱してきてしまっていた。

先ほどまでの出来事は夢だったのではないかと思えて仕方がない。だが、紛《まご》う方なき現実であることは、颯人自身が一番よくわかっていた。

もしかしたら自分は頭がおかしくなってしまったのではないか。妄想を現実だと思い込んでいるのではないか、という疑念が急速に颯人の胸に立ち上る。

そんな妄想を抱く理由もなければ、今まで現実と取り違えるような妄想を抱いたこともない。なのに、こうも端麗な所作を見せる藤本を前にすると、正しきは彼で、誤っているのは自分としか思えなくなる。

「どうぞ」

いつの間にか呆然と、ポットからコーヒーをカップに注ぐ藤本の動作を見やってしまっていた颯人は、その藤本にカップを近くに置かれ、はっと我に返った。

「あ、ありがとうございます」

反射的に礼を言い、せっかく淹《い》れてもらったものだからとカップを手に取ろうとする。と、そのとき、偶然か、はたまた必然か、藤本もまたすっと手を伸ばしてきたため、颯人の手がカップにかかったとほぼ同時に藤本の手が触れた。

藤本の指先の感触が、颯人の身体に先ほどまで与えられていた行為を一気に蘇らせる。

「……あっ……」

動揺するあまり颯人はぱっと手を引こうとしたのだが、その弾みでコーヒーカップを手前に倒しそうになった。

「大丈夫ですか」

倒れかけたカップを手早く起こしたのは藤本だった。半分ほど零《こほ》れてしまったコーヒーが、ソーサーから溢れて真っ白なテーブルクロスに染みていく。

「す、すみません」

がたん、と音を立てて颯人は椅子から立ち上がり、藤本に頭を下げた。

「どうぞお気になさらず。コーヒー、淹れ直しましょう」

にっこり、とそれは優しく微笑んだ藤本が、ソーサーごとカップをテーブルから取り上げる。

「あ、あの、もういいです」

不注意で零してしまったのは自分なのに、新しく淹れてもらうのは申し訳なさすぎる、と颯人は慌てて背を向けた藤本に声をかけた。藤本が足を止め、肩越しに颯人を振り返る。

「……食欲もないので、すぐにも病院に向かいたい……です……」

ちらと自身を見やった藤本の目の冷たさに、颯人はすっかり萎縮《いしゅく》してしまっていた。病院に行ったとしても、父の意識は戻っていないかもしれないが、少なくともそこには従兄弟《いとこ》の聖夜《せいや》や叔父がいる。今や颯人は、藤本以外の人間と接することで、己に異常性があるかないかを——できれば『ない』ということを一刻も早く証明したい、そう焦ってしまっていた。

「かしこまりました。それではすぐに参りましょう」

颯人の言葉が終わるか終わらないかのうちに、藤本の顔には笑みが戻り、先ほどまでの冷たい表情をすっかり覆い隠す。

「……はい……」

やはり、誤っているのは自分なのかもしれない——穏やかな藤本の笑顔を前に颯人は、崩壊しつつある自分のアイデンティティーをこの先保つ自信をなくしていた。

病院へは社有車で向かうことになった。

「坊ちゃま、ご無沙汰《ぶさた》しております」

運転手は颯人が幼い頃から見知った老人だった。代々御巫《みかなぎ》家の運転手を務めている、細川《ほそかわ》という名のいかにも人の良さそうな顔をした彼は、颯人を見た瞬間、それは嬉しげに目を細め、手をとらんばかりの勢いで駆け寄ってきた。

「細川さん……」

颯人もまた懐かしさから駆け寄ろうとしたのだが、そのとき藤本の冷静な声が響き、二人の動きを止めさせた。

「細川さん、急いでもらえますか」

「こ、これは失礼いたしました」

細川がはっとした顔になり、藤本に向かって頭を下げたあと、颯人にもまた頭を下げ、後部シートのドアを開く。

「さあ、お乗りください」

にっこり、と藤本は優しげな笑みを浮かべ、颯人に先に乗るよう促したが、颯人の目には彼の瞳はまるで笑っていないように映っていた。

「……はい」

笑っているどころか、厳しい光さえ感じさせる、と思いながら車に乗り込むと、藤本があとから乗り込んできた。ドアを閉めた細川が運転席へと走り、ハンドルを握る。

「それでは参ります。病院でございましたね」

細川が問いかける相手は藤本だった。親子以上に年齢が離れた相手に対してだというのに、細川の口調は酷く丁寧で、かつ、態度は違和感を覚えるほどの低姿勢だった。

「そうです。早くしてください」

対する藤本もまた、違和感を覚えるような居丈高ぶりで、どうしたことかと颯人は横に座る藤本をつい窺ってしまった。

「なんでしょう」

細川に対するものとはまるで違う、愛想のよい笑顔で藤本が問いかけてくる。

「な、なんでもありません……」

慌てて目を逸らし、今度は運転席を見やった颯人は、すっかり萎縮している様子の細川の後ろ姿にまた違和感を募らせた。

細川自身が腰の低い男であったが、彼はホテル勤務ではなく直接父が雇っているため、ホテルの従業員たちは皆、細川に対しては敬意を払っていたと颯人は記憶していた。

中学校に上がるまでは、颯人はよくホテルを訪れたものだったが、当時『執事』であった黒《くろ》田《だ》という恰幅《かっぷく》のよい中年の男もまた、細川に対しては丁重な態度を取っていた。

なのになぜ、年齢も若く、雇用体系も違うはずの藤本が、細川に対して態度が悪いのか。そして細川自身、藤本を恐れているかのような様子であるのか、理由がまるでわからない。

あとで細川から事情を聞いてみようか。それとも叔父にそれとなく様子を聞くかと颯人が考えていたあたりで車は病院へと到着した。

すぐにICUへと向かうと、外では叔父の順二《じゅんじ》とその息子、颯人にとっては親友でもある聖夜が疲れた顔をして長椅子に座っていた。

「叔父さん！　聖夜！」

徹夜をしたのだろうか、と案じつつ、颯人が二人に駆け寄る。

「ああ、颯人君、お父さん、目を覚ましたよ」

叔父が颯人に気づき、笑顔になって立ち上がる。

「本当ですか！」

よかった、と安堵《あんと》するあまり涙ぐんでしまった颯人の肩を、同じく立ち上がった聖夜が、
と叩《たた》いた。

「よかったな」

「二人とも、徹夜ですか？」

だからそうも疲れているのか、と二人の顔を順番に見やる颯人を、

「いや、交代で寝たから」

「颯人君こそ眠れたかい？　お父さんのことが心配で眠れなかったんじゃないのかい？」

と聖夜と叔父が逆にいたわってくる。

「顔色悪いな。やっぱり眠れなかったんだろ？」

心配そうに顔を覗き込む聖夜に、

「……うん……」

と頷《うなず》きながらも、自分の不眠が二人が考えているように父の身を案じてのものではなく、淫らな行為に翻弄《ほんろう》された結果であることに颯人の罪悪感は煽《あお》られていた。

「ほら、伯父さんの顔見て安心してこいよ。さっき親父と会ってきたけど、意識もはっきりしていたし、喋《しゃべ》り方も普通だった。後遺症はほとんどないいんじゃないかな」

それを自分の目で確かめてくるといい、と、聖夜が颯人を促す。

「うん」

そうも快復しているという父の姿を早く見たいという気持ちから、颯人も大きく頷き、聖夜と共にＩＣＵの入り口へと向かおうとしたのだが、そのとき、

「お願いがございます」

という藤本の凜《りん》とした声が響き、颯人の、そして聖夜の足を止めさせた。

「お願い？　なんだ、藤本」

問うたのは叔父の順二だった。彼に、そして颯人と聖夜に向かい、頭を下げながら藤本が実に殊勝な声を出す。

「私にも社長を見舞わせてはいただけませんでしょうか」

「それは難しいな。面会は家族に限られる」

藤本の『お願い』を叔父は即刻退けた。確かにルールはルールだが、叔父の態度は必要以上に冷たい気がする、と注目していた颯人は、不意に藤本が自分へと視線を向けたものだから、

はっとし、慌てて目を逸らせた。

「颯人様、お願いです。私も社長が心配なのです。長年お世話になり続けてきた社長は私にとっては親同然の存在です。何卒《なにとぞ》私にもＩＣＵの入室許可を与えてもらえませんか？」

「藤本、無理を言うな。ルールはルールだ」

横から叔父が迷惑であることを隠しもしない口調で言い捨てる。

「颯人様、お願いです！」

その声があたかも聞こえていないかのような様子で、藤本は颯人に向かい、深く頭を下げて寄越した。

「あ、あの……」

またも思いもかけない態度をとられ、颯人は混乱してしまっていた。

藤本がなぜそうも父の見舞いをしたいのか、真意はまるでわからない。だが、必死の形相で訴えかけてくる彼の頼みを断ることは躊躇《ためら》われた。

昨夜も今朝も、信じがたい行為をされた相手ではあるが、父を想う気持ちに嘘はないのかもしれない。

見舞いたいというものを、許さないというのも気が引けるし、と答えに迷っていた颯人だが、この状況を解決に導いたのは隣にいた聖夜の一言だった。

「お父さん、そんなに目くじら立てなくてもいいんじゃないの？　こうまで必死に頼んでるんだしさ」

「聖夜、お前余計な口をきくんじゃない！」

叔父の怒声が子に浴びせられる。

「うっさい。そうやって怒鳴るほうがよっぽど迷惑だよ。お父さんも何、ムキになってるんだか」

聖夜はそう肩を竦めると、尚も「聖夜！」と怒鳴る父親を無視し、颯人に話しかけてきた。

「お前は別にいいんだろ？」

「……あ……うん……」

拒絶も許諾もどちらにせよさしたる理由はなく、颯人が頷いたことで藤本の入室は決まった。

「あまり大人数で入るのもなんだから」

入り口まで導いてくれた聖夜が入室を遠慮し、颯人は藤本と二人でＩＣＵへと入った。消毒をし、白衣を身につけて、看護師の誘導のもと父のいるベッドへと向かう。

「……お父さん……」

ビニールの幕を捲《めく》った先、目を閉じた父がいた。相変わらず身体にはたくさんの管が差し込まれていたものの、昨日よりは随分と顔色がいいように見える。

呼びかけた颯人の声が聞こえたのか、父がうっすらと目を開いた。

「…………颯人……」

数秒の沈黙はあったが、父はすぐに息子を認識したらしく、低い声で颯人の名を呼んだ。

「お父さん、大丈夫？」

大丈夫なわけはなかったが、他になんと言ったらいいかわからずそう告げると、父は微《かす》かに唇の端を上げるようにして微笑んでみせた。

「心配をかけた……学校はいいのか？」

弱々しい声音ではあったが、口調は普段の父のものであることに、颯人は内心安堵の息を吐いていた。

何よりもまず、勉強——一日も早く、帝都《ていと》ロイヤルホテルの経営者になるのに必要な人格と知識を蓄えよというのが父の口癖で、それ以外の言葉を颯人は父の口から殆《ほとん》ど聞いたことがなかった。

世の父親というのは、子供相手に『雑談』をするものだということを颯人は、随分と大きくなるまで知らなかった。知ったあとに父に対し、いろいろと話しかけてみたのだが、父からは、

『それよりも勉強をしろ』

という言葉しか返ってはこなかった。

生死の境をさまよったあとでもそれは変わらないのか、と、がっかりする反面、安心していた颯人は、父も安心させようと笑顔で問いに答えた。

「大丈夫だよ。戻ったら先生が補習をしてくださることになっているから」

「学期末の試験は？　十二月にあるはずだが」

「大丈夫。再来週だから」

「そうか」

父にとってはそれ以上に懸案事項がなかったようで、それを聞くと安堵したように息を吐き、目を閉じてしまった。

「…………」

もっと話していたいが、自分が思いつく言葉は『大丈夫？』しかない。それには父も答えようがないだろうと思い、颯人もまた口を閉ざす。

あまり長時間いるのもよくないかも、と、颯人は最後に父に『明日来る』といった挨拶《あいさつ》をしようとしたのだが、そのとき背後から柔らかな藤本の声が響いた。

「社長、ご安心ください。ホテルのことも颯人様のことも、私が責任をもってお守りいたしますので」

「…………藤本…………」

それを聞き、父がはっとしたように目を開いたものだから、颯人は驚き思わず父と、背後でにこやかに微笑んでいた藤本を代わる代わるに見てしまった。

「社長には恩義がありますので。社長が私にしてくださったのと同じように颯人様をお世話させていただきます」

相変わらず藤本の口調は穏やかで、端麗なその顔には優しげな笑みが浮かんでいた。が、なぜかその言葉を聞いた途端、颯人の父は絶叫といってもいい声を張り上げたのだった。

「藤本、お前……っ」

カッと目を見開き、点滴の針の刺さった右手を藤本へと伸ばす。身体を起こそうとまでしていた父だが、次の瞬間、う、と胸のあたりを押さえたかと思うと、どさりと前に倒れ込んでしまった。

「お、お父さん……っ！」

何が起こっているのかわからず立ち尽くしていた颯人の横を看護師がすり抜け、慌てた様子で父の名を呼ぶ。

「御巫さん？　御巫さん？」

その声が響いたからか、父のベッドの周りにはわらわらと看護師や医師が集まってきた。

「大丈夫ですか、御巫さん」

「意識がないようだ。早く措置を！」

医師の顔にも看護師の顔にも、焦燥が表れていた。

「一体何をしたんですっ」

看護師の一人が颯人と藤本を振り返り、きつい語調で問いかけてくる。

「あ……」

彼女のあまりの剣幕に加え、急に容態が悪化した父を案じるあまり、颯人は言葉を失ってしまったのだが、いつの間にか横に立っていた藤本がすらすらと状況を説明した。

「わかりません。先ほどまでは穏やかにお話をされていました」

「ええ、そちらの方が、ホテルと息子さんは任せてくださいと仰《おっしゃ》ってましたが、特に何があったということでは……」

付き添っていた看護師の一人が藤本をフォローし、ねえ、というように颯人に視線を向ける。

「…………は、はい……」

確かにそのとおりではあるのだが、父は藤本の言葉に動揺したとしか思えなかった、と颯人は父が急に倒れたときのことを思い起こしていた。

『藤本、お前……っ』

藤本を見る父の目には、驚愕《きょうがく》と共に強い怒りがあったように思う。だが、なぜ父がそんな顔をすることになったのか、颯人にはまるで心当たりがなかった。

父を激怒させたと思しき藤本の言葉を思い返してみても、どこにそうも父を怒らせ、もしくは動揺させた要因があるのかがわからない。

『社長、ご安心ください。ホテルのことも颯人様のことも、私が責任をもってお守りいたしますので』

『社長には恩義がありますので。社長が私にしてくださったのと同じように颯人様をお世話させていただきます』

父を安堵させこそすれ、容態を悪化させるような言葉は一つもないと思うのに、と、ビニールのカーテンの中、医師や看護師に囲まれる父を見ていた颯人は、肩を叩かれはっと我に返った。

「ここにいては邪魔になります。出ましょう」

にっこり、と藤本が微笑みながらそう颯人の顔を覗き込んでくる。

「……はい……」

今、藤本の目は冷たい光を湛《たた》えることなく、普通に笑っていた。にもかかわらずその笑みを見た瞬間、颯人の背にはなぜかぞくりと悪寒が走り、身体が細かく震えてきてしまった。

「さあ」

肩を抱く手にぐっと力を込め、藤本がＩＣＵの出口に向かって歩きだす。ちらと横を見やると藤本の顔には未だに笑みがあったのだが、嬉しげとしかいいようのないその笑顔に、颯人は震撼《しんかん》とさせられ、ますます身体の震えを募らせていったのだった。

4

父の容態は無事落ち着いたが、その知らせが医師から届くまでの間、颯人はＩＣＵの待合室でいてもたってもいられないときを過ごした。

「大丈夫だから」

颯人と交代で家に戻るはずだった聖夜も叔父も病院に残り、颯人を慰め続けてくれていた。

「一体どういうことだ。兄に何をした？」

叔父は藤本を責め立てたが、藤本は「わかりません」と首を横に振るのみだった。

「ここはいい。早くホテルに戻りたまえ」

叔父にきつい語調で命じられ、藤本は一人彼の仕事場であるホテルへと戻っていった。

藤本が病院を出てから約一時間後に父は危機を脱し、生命の危険はないというお墨付きが医師から与えられた。

「酷く興奮されたようですが、看護師の話を聞くと特にそういった要因はなかったようで……」

何が患者を興奮させるかわからないので、今後の面会には充分気をつけるようにという注意が颯人や叔父、そして聖夜に与えられ、今日の面会は容認できないと言い渡された。

「感じが悪いな」

医師が立ち去ったあと、叔父は憮然《ぶぜん》としていたが、すぐに青い顔をしている颯人に気づいたらしく、気遣い溢れる言葉をかけてくれた。

「兄さんの容態も落ち着いたようだし、よかったじゃないか。もう面談はできないということだから、家に戻ったらどうかい？」

「はい、でも……」

いくら今は落ち着いているとはいえ、苦しげに倒れ意識を失った父の様子を目の当たりにしていただけに颯人は立ち去りがたく思い、暫《しばら》くここにいたいと叔父に告げ、叔父たちはどうか家で休んでください、と頭を下げた。

「我々のことは心配しなくていい」

「そうだよ、颯人。こんなときにまで気を遣うなよ」

叔父も、そして聖夜も颯人を気遣ってくれたが、颯人は、大丈夫だから、と強引に二人を帰した。

「すぐ交代にくるから」

聖夜は最後まで残ると頑張ったのだが、どう見ても疲れている様子の彼には休んでほしいと願った颯人が、頼むから、と頭を下げてようやく彼も帰路に就いた。

一人ぽつんとICUの待合室のベンチに座りながら颯人は、父の容態が急変した原因はなんだったのだろうと、それをずっと考えていた。

自分とはごく普通に会話をしていた父が、藤本が話をした途端に興奮し、倒れた。だが藤本の言動には、父を興奮させるような要素はなかったと思う――何度となく頭の中で繰り返していたその場面《シーン》を、再度思い起こしながら颯人は、一体父は藤本の言葉の何に反応したのだろう、と考え続けた。

藤本についてはもう一つ、考えねばならないことがあるという自覚は勿論《もちろん》、颯人にもあった。なぜ藤本は自分にいやらしい振る舞いをしたのか。昨夜も今朝も、嫌がる自分を押さえつけ性器を弄《もてあそ》んだ彼は、一体何を考えていたのか。

そのあと、酷く蔑んだように自分を見ていた藤本の冷たい目を思い出しそうになり、颯人はぶるっと身体を震わせると、激しく頭を振って浮かんだ像を追い出した。

父の容態が悪化した理由も、藤本の自分に対する性的嫌がらせとしか思えない行為の動機もまるでわからない。が、もしも藤本が父を興奮させたのであれば、今後はICUの入室を断ればいい。もともと家族、親族でなければ入室を許されないルールであるのだから、そのルールを盾に取れば断るのは容易だろう。

ICUの入室を断るだけでなく、藤本と接触しないようにすればいいのではないか、と颯人はふと思いついた。

そうだ、ホテルではなく家に戻ろう。藤本はホテルの従業員ゆえ、家を訪れることはないだろう。

父はここ数年、主にホテルで生活していたというが、だからといって家を手放したわけではないと思う。人の住んでいない家がどれだけ荒れているものか、想像はつかないが、母との思い出の詰まった自宅を、父が酷い状態にしているとは颯人には思えなかった。

そういえばまだ、母の位牌《いはい》にも両手を合わせていない。父の一日も早い快復を母に祈りたいのに、と颯人が唇を嚙んだそのとき、

「颯人坊ちゃま」

という聞き覚えのある声が響き、彼の注意は声の主へと逸れた。

「あ！　細川さんっ」

声をかけてきたのは、運転手の細川だった。手に紙袋を下げている。どうしたのだろうと思いつつも立ち上がると、細川は颯人の前まで駆け寄ってきて、

「どうぞお座りください」

と彼を促した。

「お食事をお持ちしました」

どうぞ、と恭《うやうや》しげに差し出された紙袋を受け取った颯人は、中を見てそこに父の好物だっ

たカツサンドが入っていることに気づいた。

「これ、お父さんの……」

「颯人坊ちゃまもお好きだとよろしいのですが……」

細川がそう言い、大丈夫だろうか、というように颯人を見る。

「大好きです。ありがとうございます」

礼を言った颯人に細川は、

「それはようございました」

と心底ほっとしたように微笑んだあと、心配そうな表情でＩＣＵへと視線を向けた。

「旦那様のご容態は……」

「落ち着いているそうです。命に別状はないとお医者様は仰ってました」

「それはよかった……」

安堵のあまりか、細川が、ああ、と声を漏らし、その場に崩れ落ちそうになる。

「大丈夫ですか」

慌てて颯人は細川の身体を支え、彼を長椅子へと座らせた。

「お水、持ってきますね」

確か自動販売機が近くにあったはずだ、と、駆け出そうとする颯人の腕を細川が掴む。

「大丈夫です。坊ちゃまにそのようなことをしていただくわけには……」

「そこで買ってくるだけですから」

恐縮する細川の手を振り払い、颯人は自動販売機へと走ると、細川の分と自分の分、二本のペットボトルを手に待合室へと戻った。

「本当に申し訳ありません」

何度も何度も頭を下げる細川に颯人は、ペットボトルのキャップを緩めてやったあと、

「どうぞ」

と一本を差し出した。

「頂戴いたします」

お金は払いますので、と申し訳ながる細川に「気にしないでください」と微笑み、颯人もミネラルウォーターを呷《あお》る。

暫《しば》しの沈黙の後、颯人は細川に藤本のことを聞いてみようと思いついた。長年父の傍近く仕えていた細川であれば、藤本の入社時期や人となりを少しは知っているのではないかと思ったのである。

実は颯人は、子供の頃に藤本を見た記憶があった。見ただけでなく会話も少し交わしたのだが、その記憶が正しいか否かも確かめたかった。

「あの、細川さん、聞きたいことがあるのですが」

それで颯人はそう問いかけたのだが、なぜだか細川は、はっとした顔になり、颯人から目を

逸らせた。

「細川さん?」

「し、失礼しました。なんでしょう、坊ちゃま」

問いかけると、細川はまた、はっとした様子で視線を颯人に戻し微笑んでくる。だが彼の頬は痙攣《けいれん》しており、無理して笑ってみせているのは明らかだった。

どうして、と思いながらも颯人は自分の聞きたい問いを細川に投げかけた。

「藤本さんっていつからホテルで働いているんですか?」

「……っ」

颯人の口から藤本の名が出た途端、細川の身体はびくっと震え、彼の手から飲みかけのペットボトルが落ちた。

「す、すみません」

「大丈夫ですか?」

床に屈《かが》み、ペットボトルを取り上げようとした颯人に先んじ、細川は自らペットボトルを手にとると、

「本当に申し訳ありません」

と深く頭を下げた。

「いえ、そんな……」

何を詫びているのか今一つわからなかったものの、颯人は彼の謝罪を退けると再び話を戻そうと、細川の顔を覗き込んだ。

「あの、藤本さんのことなんですけど……」

「床が濡れてしまいましたね。雑巾《ぞうきん》を借りてきます」

と、細川は唐突に立ち上がり、そのまま廊下を歩き出そうとする。

「細川さん！」

もとより颯人は鈍感な子供ではない。人の心の機微には聡《さと》い彼ゆえ、細川が自分との会話を避けていることを理解した。

だが理由がわからない、と、去りかけた細川の腕を掴み、足を止めさせる。

「坊ちゃま……」

「あの、もしかして藤本さんのことを話題にしたくないのですか？」

藤本の名が出るまでは、細川の態度はそうおかしくなかった。それゆえそう問いかけた颯人を振り返り、細川は心底困った表情になったあと、はあ、と深く息を吐いた。

「…………申し訳ありません」

そしてまたも、意味不明の謝罪をしたあと、のろのろともといた長椅子へと戻り、颯人の隣に腰を下ろす。

「……細川さん？」

項垂《うなだ》れたまま、口を開こうとしない細川に颯人が呼びかけると、細川はようやく顔を上げ口を開いた。

「……藤本様は十八歳のときから旦那様のホテルで働いていらっしゃいます」

「……あ……」

唐突な言葉に一瞬躊躇ったものの、それが自分の問いに対する答えだと気づいた颯人は、

「ありがとうございます」

と礼を言ったあとに更に問いを重ねた。

「何年くらい前でしょう。僕、ホテルの前であの人を見た気がするんです」

「ホテルの前で?」

今度は細川が意外そうに問い返してきたのに颯人は、

「はい、六年前……僕が中学に上がる前日に、出発の前にとお父さんのところに挨拶に行ったそのときに……」

喋りながら颯人は、六年前のその日のことを思い起こしていた。

颯人が通う学校は、中高一貫の全寮制の男子校だった。場所が九州にあるため、長期休暇までは自宅に戻れないこともあり、朝挨拶はしたものの、空港に向かう前にやはり一目父に会いたいとホテルへと向かったのだった。

その日は朝からかなり激しい雨が降っていた。土砂降りの雨の中、当時家で働いていた家政

婦と共にタクシーを降り立ち、ホテルのエントランスへと向かおうとした颯人は、エントランスから少し離れたところで、傘も差さずに立ち尽くしていた一人の少年の姿に気づいた。

『あ……』

どうして傘を差してないのだろうと訝《いぶか》り、少年の手に傘がないことに気づく。それならホテルの中に入ればいいのに――まだ小学生ではあったが、ホテルのロビーは宿泊客のみに開放されているわけではなく、誰が入っても基本的に良い場所であるという知識を颯人はすでに持っていた――と、少年に駆け寄ろうとしたのだが、

『坊ちゃま、行きますよ』

と家政婦に急かされ、そのまま彼女と共にドアボーイが迎えてくれていたエントランスへと駆け込んだ。

ずぶ濡れの少年は、ずぶ濡れであったという理由だけでなく颯人の印象に深く残った。

詰め襟の制服を着ていたところを見ると、高校生ではなかったかと思う。雨に濡れた黒髪がべったりと張り付いた白い顔は、颯人が今まで知るその年代の少年の中で一番といっていいほど整っていた。

まるで人形のような綺麗な顔だった、と、父に挨拶をしている間も颯人はその少年のことを思い夢見心地でいた。

父は多忙とのことで、颯人との面談時間は五分にも満たなかった。

『勉学に励め』

かけられた言葉はほぼそれのみといっていいような状況だったが、それ以上の言葉を求めても得られないことはわかっていたので、颯人はただ、

『頑張ります』

とだけ答え、父の前を辞した。

そっけない対面ではあったが、父は気を遣ってくれたらしく、空港へは社有車を使うといいと、細川の運転する車を貸してくれることになった。

地下の駐車場から車が出てくるまでの間、家政婦はロビーで待っていようと言ったが、颯人は先ほどの少年が気になり、エントランスを出て車寄せから少年のいた位置を見やった。

少年は未だにその場に立ち尽くしていた。あれでは風邪を引いてしまう、と、颯人はドアボーイに傘を借り、少年に駆け寄っていった。

『お兄さん』

少年は颯人が声をかけるまで、いきなり駆けてきた子供の存在を気にしていなかったようだ。颯人の呼びかけにびっくりした顔になった彼に颯人は、何を言ったらいいのか咄嗟《とっさ》に迷い、無言で差していた傘を差し出した。

『これ、使ってください』

『……これはホテルのだから駄目だよ……』

背伸びをし、少年に傘を差し掛けたが、少年は首を横に振り受け取ろうとしなかった。なぜ、ホテルの傘だと駄目なのか、意味がわからなかったが、それなら、と颯人は、閉じたまま手にしていた自分の傘を今度は少年に差し出した。

『これはホテルのじゃありません』

そう告げる颯人を少年はびっくりした顔で見返していた。相変わらず彼の手は動かず、颯人の差し出す傘を受け取る気配はない。

と、そのとき、背後で『坊ちゃま！』と呼ぶ家政婦の声が響いた。振り返ると車寄せには既に父の車が停まっており、細川が後部ドアを開いて待っていた。

戻らなければ、と焦った颯人は、立ち尽くす少年に、

『はい！』

と、傘を無理矢理押しつけ、踵を返して車へと戻った。傘を渡す際、少年の手が酷く冷たくなっていたことに気づいた彼は、ホテルのロビーで雨宿りもできますよ、と教えてあげればよかった、と悔いたが、そのときには既に車が発進していた。

ロータリーをぐるりと回り、車道へと出る際、颯人は雨粒の吹き付ける窓を擦り、少年が傘を差してくれているかを確かめようとした。が、雨足が強すぎて窓ガラス越しに少年の姿を見ることはできなかった。

藤本と初めて顔を合わせた際、颯人の脳裏にこの少年のことが浮かんだのだった。おそらく、

あのとき雨の中で立ち尽くしていた少年は藤本なのではないか。それを確かめたかった彼は細川に詳しい話をしようとしたのだが、細川は力なく、

「私にはわかりかねます」

と答えたのみだった。

「藤本さんは今、おいくつなんですか?」

奥歯に物が挟まったような様子の細川が気になり、颯人は更に問いを重ねる。

「二十三歳だと思います」

「……ということは、ホテルで働き始めたのは五年前……ですね」

暗算をし確認をとると、細川はまた、一瞬なんともいえない表情になったあと、

「さようでございますね」

と、ただ相槌《あいづち》を打った。

「…………」

やはり何かを隠している気がする、と颯人は細川の顔を覗き込んだが、細川の表情を見てそれ以上の追及を躊躇った。というのも細川は今、真っ青な顔色をしていたのである。

年老いた彼をこれ以上問い詰めるのは可哀想だ、と颯人も口を閉ざした。暫しの沈黙のときが流れる。

「申し訳ありません、ちょっと雑巾を借りて参ります」

暫くしてから細川がそう言い、立ち上がったので、颯人は慌てて、

「僕が行きます」

と椅子から立ち上がり駆け出した。

「坊ちゃま」

慌てた細川の声が背後で響いたが、かまわず総合受付へと向かう。そこで床に水を零してしまったというと、すぐに清掃の人間に連絡を取ってくれることになり、颯人は再びＩＣＵの待合室へと戻った。

「坊ちゃま、申し訳ありません」

恐縮する細川に、結局は清掃の人がやってくることになったから、と颯人は答えたあと、自分が随分と細川の時間を拘束してしまったことに気づいた。

「すみません、細川さん。お忙しいのに……」

昼食を届けてもらっただけでも申し訳ないのに、こうも長時間付き合わせるとは、と、今度は颯人が恐縮し細川に詫びたのだが、それを聞き細川は、

「お気になさらず」

と微笑むと、颯人が思いもかけないことを言いだした。

「私は坊ちゃまをお送りするよう申しつかっておりますので。お許しいただけるのでしたら、いつまでもこの場におりますよ」

「え？　そうだったのですか」

藤本がホテルに戻る際、てっきり社有車を用いたと思っていたため、意外さからそう声を上げてしまった颯人に細川は「はい」と笑顔のまま頷いてみせる。

「坊ちゃまが一人でお寂しいようでしたら、私でよろしければ話し相手になりますので」

細川が遠慮深く続けた言葉に、颯人の胸に熱いものが込み上げてきた。

「……ありがとう、細川さん……」

叔父や聖夜に気を遣い、家に帰してはみたものの、待合室で一人過ごす時間は颯人にとってまさに『寂しい』としかいえないものだった。

昔からよく知っている細川が傍にいてくれたら、どれだけ心強いか、という思いを込め礼を言った颯人に、

「礼など不要ですよ」

と細川はますます優しげに微笑みかけてくる。

「それよりどうぞ、お食事を」

細川に促され、カツサンドの箱を袋から取り出した颯人は、そういえば細川は昼食をどうするのだろうと案じ問いかけた。

「細川さんのお昼ご飯は？」

「私のことはどうか、お気になさらず」

召し上がってください、とサンドイッチを勧める細川はどうやら、昼食を用意していないようだと察した颯人は、

「それなら、一緒に食べましょう」

とサンドイッチの箱を開けた。

「滅相もございません」

恐縮しまくる細川を、

「一人じゃ食べきれないから」

と無理矢理納得させ、彼にもサンドイッチを手に取らせる。

「それに一緒に食べたほうが美味しいし」

「……本当に申し訳ありません」

手に取りはしたものの、細川はどこまでも恐縮していたが、食べないでいると颯人が気にすると思ったようで、

「いただきます」

という挨拶のあと颯人が一口食べたのを見て、彼もまた、

「いただきます」

と丁寧に挨拶をし、サンドイッチを口に運んだ。

「美味しい。お父さんにも早く食べさせたいな」

昨夜から殆ど何も食べていなかった颯人には、父の好物だというカツサンドがたいそう美味に感じられた。

美味ゆえ、父親に食べさせたいと願った颯人の横で、細川が感極まった声を出す。

「坊ちゃま……なんてお優しい……」

「べ、別に優しくなんてないよ?」

どうやら涙ぐんでいる様子の細川に、慌ててそう告げた颯人だが、細川はきっぱりと、

「いいえ、お優しいです」

と颯人の否定を更に否定した。

「普通だよ」

「普通とお感じになることこそ、お優しいのです」

「そんなことないと思うけど……」

なんとなく滞りがちになっていた会話が、共に食事をとることでまた、弾むようになってくる。

「細川さんは、食べ物では何が好きなの? カツサンドは好き?」

「私は雑食ですので。でもこのカツサンドは格別に好きですね」

軽口まで飛び出すようになった細川だったが、颯人が、

「格別って?」

と問いかけると、酷くしみじみとした顔になり、ぽつりぽつりと話し始めた。

「外出時、旦那様のご昼食に、こちらのお店のカッサンドをご用意することは多かったのですが、あるときから旦那様が私の分も一緒に買ってくるようにと仰ってくださるようになりました。その時期というのが、私の妻が亡くなったときでして……」

「……奥さんが？」

亡くなっていたのか、と目を見開いた颯人に細川は「はい」と微笑み返し言葉を続けた。

「妻が生きているときには、昼食に弁当を持たせてくれていたのを、旦那様は見ていないようで見ていてくださったんですねえ。妻が亡くなったあとに私が昼食を買っているのに気づき、それでご自分の分を頼むときに私の分も買うようにとご指示くださるようになったのです」

「そうだったんだ……」

父にそんな思いやり溢れる心があったのか、と、そのとき颯人は内心驚いていた。

というのも颯人には父のそうした『思いやり』に触れた経験が、物心ついたときからなかったのである。

はっきりとした記憶はあまり残っていない五歳のときに、颯人の母は亡くなった。多忙な夫を気遣い、体調が悪いのを押し隠していたため治療が遅れたのが早世の理由で、自分が気づいてやってさえいれば、と、父が母の遺体の前で号泣したという話は、叔父経由で颯人の耳にも入っていた。

それまでも充分なほど、仕事人間だった父が、母の死後は更に拍車がかかり、ホテルの経営以外のことは何も——それがたとえ、一人息子の颯人に関することであっても、一片の興味も抱かぬようになった。

颯人が父と暮らしたのは、中学に上がる前までだったが、共に夕食をとった日は数えるほどだった。

平日ばかりでなく土日も父は殆ど家におらず、颯人が父と話をする機会は滅多にないといってよかった。

学校行事にも参加したことは一度もない。従兄弟の聖夜が同級生であったため、彼の父母が——颯人にとっては叔父叔母が気を遣い家族の役割を担ってくれていた。

母もなく、父も不在がちであるという環境は、颯人にとって実に寂しいものではあったが、だからといって颯人が父を恨めしく思ったり、もっとかまってほしいと暴れたりすることはなかった。

父が多忙であることは、子供の目から見ても明らかである。そんな父の邪魔になってはいけない、と颯人は父の在宅中、家の中ではひっそりと過ごしていた。

運動会に来てほしい、父兄参観に来てほしい、そんな願いは勿論抱いていたが、無理であることはわかっているし、それでも、とごねれば疎まれるに決まっている。

父には嫌われたくない。常に颯人の胸にはその思いがあった。それは叔父が酔った弾みでぽろりと零した言葉を聞いてしまったのが、最たる理由だった。

『義姉《ねえ》さん、もともと心臓が弱くて子供は諦《あきら》めろと言われていたのに、無理して産んだから……兄さんは最後まで反対したんだけどね』

叔父はその場に颯人がいることに気づいていなかった。それでそんな不用意な発言をしたのだが、颯人はそれを聞き自分が父には望まれていない子供であったと知ってしまった。

ショックは覚えたが、自分を産んだせいで母が亡くなったのであれば、父がそう思うのも無理のないことだと納得せざるを得ない。その日から彼は父親に対し、これ以上疎ましいと思われるような存在にはなるまい、と心に決めたのだった。

だが、父の颯人への対応は冷たかった。共に住んでいても日常において会話は殆どなく、中学に上がる際には、遠く離れた九州の全寮制の学校に行けと命じられた。

物理的な距離が、互いの心の距離をますます遠ざけることになったらどうしよう、と颯人は悩んだが、父に『嫌だ』と言うことはやはりできなかった。

九州に旅立つ日の朝も父は、いつもとまったく変わらない淡々とした態度で接し、激励の言葉も特にはなかった。

颯人は寂しさから父に、

『夏休みには……ううん、ゴールデンウィークには戻ります』

と告げたのだが、それに対する父の答えは、

『戻らずともいい。勉学に励め』

という、冷たいとしかいいようのないものだった。

その言葉どおり、父は颯人の帰省を滅多なことでは許さなかった。

常に学年一位を目指せ。とれなければ帰省は許さない——きつくそう命じ、法事などの外せない行事以外は、本当に帰省させなかった。その暇があれば勉強せよ、というのである。

颯人は優秀ではあったが、精鋭中の精鋭を集めた学校で一位をとるのは困難だった。努力でなんとかなるものは、苦労して一位をとれたが、天賦《てんぷ》の才能や見事な体軀《たいく》が必要となるような教科で一位をとることは不可能だった。

間もなく卒業となるが、颯人が東京《とうきょう》に戻ったのは、毎年の母の命日のみで、年末年始ですら帰宅は許されず、一人寮で過ごしていた。

父に会えない寂しさは、颯人にとって耐え難いものだった。何より、父は自分と顔を合わせなくても寂しいとは感じないのだと思い知らされたのは辛《つら》かった。

血の繋《つな》がった息子に対してもそこまでドライな父が、細川に対しては細かい心遣いを見せるとは、と驚きながらも、父が優しい心を持っていたことはやはり嬉しく、

「本当に社長にはよくしていただいています」

と、心の底からそう思っているらしい声音でそう告げ微笑んでみせる細川に対し、

「そうなんだ」

とやはり笑顔を返した。

「一日も早く、元気になっていただきたいです……」

細川がしみじみと言い、ＩＣＵへと視線を向ける。

「……うん……」

本当に、と頷いた颯人は、そうだ、とあることを思いつき、それを頼むべく細川の顔を覗き込んだ。

「細川さん、お願いがあるんですが」

「なんでしょう」

にっこり、と細川が視線を颯人へと戻し微笑みかけてくる。

「あの、このあと——聖夜が交代で来てくれたあと、ホテルではなく家に戻りたいのですが、そちらに送ってもらえますか？」

細川の父との思い出話を聞くうちに、颯人の中にも郷愁が蘇ってきていた。自宅には幼い頃、父と過ごした思い出が微かではあるが残っているはずだ。その数少ない思い出を実際にその場所に出向き拾い集めたい。そう思ったがゆえに颯人は細川に対し、身を乗り出し頼んだのだが、その瞬間、細川の顔から笑みが消えた。

「それは………いたしかねます」

今までとはまるで違う、苦しげにすら見える表情になった細川が、力なく颯人から目を背ける。

「ど、どうしてですか?」

颯人にとってはまさかの拒絶だった。今まで優しげに微笑み、温かな言葉をかけてくれていた細川の唇から、断りの言葉が出ようとは、と呆然としてしまっていた彼から目を逸らせたまま、細川が消え入りそうな声で拒絶の理由を告げる。

「……藤本様から言われているのです。颯人坊ちゃまを必ずホテルに連れ帰るようにと……」

「ええっ!?」

思いもかけないその『理由』に、颯人の口から驚きの声が漏れる。

「本当に……本当に申し訳ありません……」

唖然《あぜん》とする彼の前では、細川が深く頭を下げていた。普段の颯人であれば、自分より年長者に頭を垂れさせるなどもってのほか、と慌ててフォローに入るのだが、今、彼にはその余裕がなく、理不尽ともいえる拘束を強《し》いる藤本の、端整な——だが酷く冷たい表情を見せるその顔を思い起こしていた。

5

それから一時間ほどして、聖夜が母親と共に——颯人にとっては叔母と共に、付き添いの交代のために来院した。

「顔色が悪いわね。大丈夫よ。今晩は私と聖夜がいるから、明日、ゆっくりいらっしゃいな」

義兄《にい》さんの容態も安定しているというし、と叔母は親切に申し出てくれ、横から聖夜にも、

「うん、任せてくれよ。そんなにやつれてちゃ、伯父さんが逆に心配するぜ？」

まずは体調を戻せ、と熱心に勧められ颯人は帰路に——否、ホテルへと戻ることになった。

細川の運転する社有車に颯人が乗り込んだのは、細川の思い詰めた顔を見てしまったためだった。

叔母や聖夜に金を借り、細川を振り切ってタクシーで自宅へと戻る選択肢もあったが、そうした場合、細川が藤本に何か罰を与えられるのではないかと思ったがゆえ、おとなしくホテルに戻ることにしたのだった。

心根の優しい颯人ならではの選択だったが、彼がホテルに戻ることにした理由はもう一つあ

った。なぜ藤本が自分に対し、淫らとしかいいようのない行為を仕掛けてきたのか、その理由を本人に問い質《ただ》したかったのである。

ホテルに到着するまで十五分ほどかかったが、その間車中は沈黙で満ちていた。やがて車がホテルのエントランスへと到着すると、そこには既に藤本が立っており、運転席から降りた細川が慌てて駆け寄るより前に、颯人が乗っていた後部シートのドアを開いた。

「おかえりなさいませ、颯人様」

「た、ただいま戻りました……」

颯人が降りる際に頭をぶつけないようドアの上に手を翳《かざ》してくれながら、にっこり、と微笑みかけてきた藤本だったが、相変わらず彼の目は少しも笑っていなかった。

瞳の奥に深遠たる闇を見た気がし、颯人の声が震える。それを聞き、藤本はくすりと小さく笑うと、

「お部屋までお送りしましょう」

と、車を降り立った颯人の横に並んで歩き始めた。

「……坊ちゃま……」

背後で細川の小さな声が響く。肩越しに振り返った颯人の目に、罪悪感溢れる表情をした細川がその顔を深く伏せる姿が映った。

「…………」

その様子から颯人は、自分の身に何が起こったかを彼は知っているのだろうと察し、思わず再び振り返ろうとしたのだが、それを藤本が背に腕を回すことで制してきた。

「さあ、参りましょう」

相変わらず少しも笑っていない目を向けてくる藤本に気を呑まれ、颯人は言葉を失い、ただ彼に促されるがまま足を進めた。エレベーターに乗り込む頃になり、ようやく自分を取り戻してきた颯人は、部屋に到着したら臆《おく》することなく藤本に問いかけよう、と心を決めた。

エレベーター内は他の宿泊客がいたため、藤本との間に会話はなかった。颯人の向かう先は最上階であったため、客が先に降り、箱の中は藤本と颯人の二人きりになる。

「社長はあれから、お目覚めになりましたか」

二人になった途端、藤本が颯人に問いかけてきた。

「いえ。ただ、容態は安定しているそうです」

医師に聞いたままを答えると藤本は、

「それはようございました」

と微笑んだが、口調にはこれでもかというほど棘があった。

「…………あの……」

嘲っているようにしか聞こえないと、颯人が思わず藤本を見やったそのとき、エレベーターは最上階に到着し扉が開いた。

「どうぞ」

またも、にっこり、と藤本が微笑み、颯人に先に降りるよう促す。先入観によるものなのかもしれないが、颯人の目にはそんな彼の一連の動作が、自分を嘲っているもののように感じられた。

普通、己を嘲っていると思しき相手に対しては怒りを覚えるものだが、人並み外れて心優しい颯人の胸に芽生えたのは、怒りよりも戸惑いだった。

なぜ藤本はこうもあからさまな悪意を向けてくるのか。心当たりがまるでないだけに、その理由を本人の口から聞きたいという欲求が颯人の中で立ち上る。

「あの、お話があるのですが」

まだ廊下を歩いてはいたものの、周囲に人がいなかったため、颯人は思いきって自分より少し前を歩く藤本に声をかけた。

「なんでしょう?」

足を止めずに藤本がちらと肩越しに振り返りつつ問い返す。

『どうして僕にいやらしいことばかりをするのですか』

聞きたいのはそのことだが、いざ口にするとなるとやはり躊躇いを覚えずにいられなかった颯人は、もう一つ、気になっていた件を問うことにした。

「あの、僕のこと、覚えていませんか?」

「は？」

止まる気配のなかった藤本の足がぴたりと止まる。そのせいで彼の背中に突き当たりそうになり、颯人もまた慌てて足を止めた。

「……あなたを、ですか？」

藤本が颯人を完全に振り返り、顔を見下ろしてくる。

「はい……」

思い出してもらいたくて颯人は、六年前の雨の日にホテルの前で見かけたのだと、状況を詳しく説明しようとしたのだが、それより前に藤本の視線は逸れていた。

「あいにく記憶にございません。人違いでしょう」

「……そうですか……」

覚えていないのか、と落胆して颯人は俯《うつむ》き、ぽつりと返事をした。

「…………」

藤本はそんな彼を一瞥《いちべつ》すると前を向き、颯人の父の部屋へと向かって歩き出す。颯人もまたそのあとを追った。

「どうぞ」

「失礼します……」

藤本が大きく開いたドアから颯人が部屋の中に足を踏み入れる。次の瞬間、背後でドアが閉まった音がし、何気なく振り返った彼は、いきなり藤本に腕を摑まれ、ぎょっとして彼を見上げた。

「な、なんでしょう」

問いかけたが藤本は無言で颯人の腕を引き、部屋を突っ切って寝室へと向かおうとする。

「あのっ？」

わけがわからず颯人は足を止めようとしたが、痛いくらいの力で手首を摑んだ藤本に強引に引きずられ、寝室へと入らざるを得なくなった。

「わっ」

寝室は清掃がすんでおり、ベッドも綺麗に整えられていた。そのベッドも素通りし藤本は颯人を浴室へと引きずっていった。

浴室も綺麗に清掃がされていたが、藤本は颯人を洗面台の前まで来させると腕を放し背後に立った。

「……あの……？」

洗面台の前の大きな鏡に、不審げな顔をした自分と、その自分の両肩を摑む藤本の笑顔が映っている。

一体なんの目的で鏡の前になど、と颯人が藤本を振り返ろうとしたそのとき、藤本の手が動いた。

「えっ」

颯人の口から驚きの声が漏れたのは、その手が思いもかけない動作をしたせいだった。左手でしっかりと背後から颯人を押さえ込み、右手で着ていたシャツのボタンを外し始めたのだ。

「何を……っ」

するんです、と颯人は大きな声を上げ、藤本の手から逃れようと暴れた。が、腕力の差はいかんともしがたく、あっという間にボタンを外され、はらりと前がはだける。

「まだ赤いですね」

くす、と笑う藤本の声が耳元で響き、彼の右手が颯人の胸を露にすべくシャツの前を更に開いた。

「ほら、ごらんなさい」

囁《ささや》くと同時に藤本が指先で、彼の言葉どおり未だに紅色に染まっていた颯人の乳首をつん、と突く。

「やめてください……っ」

まさか部屋に戻ってすぐ彼が、このような行為をしかけてくるとはまったく予想していなかった、と颯人は尚も暴れたが、藤本は腕を緩めるどころかまたくすりと笑うと、指先で颯人の乳首をきゅっと摘み上げてきた。

「や……っ」

その瞬間、颯人の背筋に電流のような刺激が走った。びく、と震える彼の身体をしっかりと抱きかかえ、また藤本がきゅう、と乳首を抓《つね》る。

「や……やめ……っ」

またも電流のような刺激が全身を貫き、身体がびくびくと震える。きゅうきゅうと乳首を抓られるうちに、自身の鼓動が速まり次第に身体が火照ってくることに、戸惑いと嫌悪がない交ぜになり、颯人は悲鳴を上げた。

「やめてくださ……っ……あ……っ」

悲鳴の最後が、まるで喘《あえ》ぐような声になってしまったことを恥じ、唇を噛んでぎゅっと目を閉じる。と、藤本は乳首を弄《いじ》る手は休めずに左手をすっと下げ颯人のベルトを外し始めた。

「な……っ」

かちゃかちゃという音にはっとし、目を開いた颯人は、その瞬間目の前にある大きな鏡に映る自分の姿を見やることになった。

薄い裸の胸も、背後から伸びる藤本の手に弄られているやたらと赤い乳首も、何もかもが情けなく、そして恥ずかしい、と思わずまた颯人はぎゅっと目を閉じてしまったのだが、その間に藤本は颯人のスラックスのボタンを外しファスナーを下ろして中に手を突っ込んできた。

「え……っ」

直に雄を握られ、ぎょっとしてまた目を開ける。前を向けば鏡に映る自身の姿を見なければ

ならなくなる、と俯くと、そこには藤本の手に握られた自分のピンクのペニスがあった。

「……やめて……っ……やめてください……っ」

颯人が見やった瞬間から、藤本は雄を扱き始めた。彼の右手は相変わらず颯人の乳首を摘んだり抓ったりし続けてくる。

「やめて……っ」

胸に、雄に与えられる刺激は、颯人の鼓動をますます速めさせ、身体の火照りを増長させていった。藤本の手を止めようと両手で押さえても、すぐに振り払われてしまう。

もともと腕力に差がある上に、まるで力が入らない状態に陥っていた颯人は今や、自力で立っていることもできなくなりつつあった。崩れ落ちそうになる身体を支えていたのは、胸を、雄を弄る藤本の手で、颯人は彼の胸に背を預けた状態で、欲情の波に呑み込まれていく自分を抑えられなくなっていた。

「目を開いてごらんなさい」

勢いよく雄を扱き上げながら、藤本が颯人に囁いてくる。目を開けば鏡が見える。今や息も乱れ、肌も火照って赤く染まっている上、勃起もしているであろう自分の姿など見たくはない、と、激しく首を横に振ると、乳首をまさぐっていた藤本の手が外れ、颯人の顎《あご》を捕らえた。

「痛……っ」

強い力で摑まれ、痛みから悲鳴を上げた颯人の耳元にまた、藤本が優しいとしかいいようのない声音で囁いてくる。

「さあ、目を開くんです」

それでも颯人が目を閉じたままでいると、藤本は顎を摑んだ手に更に力を込めてきた。

「いたい……っ」

ぎりぎりと顎を締め付けられる痛みについに耐えられず、颯人が薄く目を開く。

「……や……っ」

目の前の鏡には、彼が想像したとおりの——否、それ以上に乱れた己の姿があり、嫌悪から目を閉じようとしたが、またも顎を締め付けられ、いやいや目を開く。

「そのまま、見ていてください」

せめて目を逸らせようとした颯人の視線を鏡越しに追いかけ、藤本がにっこりと微笑みかけてくる。

「ふ、藤本さん……っ」

やめてください、と懇願する颯人の声が浴室内に響き渡ったが、藤本はまるで聞く耳を持たなかった。

「いきますよ」

鏡に映る颯人と目を合わせ、にっこりと微笑んだかと思うと、勢いよく雄を扱き上げた。

「やぁ……っ」

強すぎる刺激に、颯人の背が大きく仰《の》け反《ぞ》る。

「ちゃんと見ていないと」

さあ、と囁きながら、藤本は既に勃っていた竿を扱き上げ、顎から移動させた手で乳首を強く引っ張り上げた。

「や……っ……あぁ……っ……あっ……」

胸と雄、両方に与えられる巧みな愛撫《あいぶ》に、颯人はあっという間に快楽の階段を駆け上り、今にも達してしまいそうになっていた。

苦しいほどに息が上がり、高熱でも発しているかのように身体が火照る。次第に頭の中が真っ白になり、何も考えられなくなってきた。

「さあ、見なさい」

耳元で囁かれる声に導かれ、視線を正面へと戻す。

「……あ……っ」

目に飛び込んできたのは、赤い顔で喘いでいる自分の顔だったが、羞恥を覚える余裕が今の颯人にはなかった。

無意識のうちに、動きのある対象に彼の視線は移る。藤本の繊細な指が自分の真っ赤に染まる乳首を抓り上げているさまを見たあとには、彼の視線は、藤本の左手が勢いよく扱き上げる自身の幼い雄へと向かっていった。

先走りの液が溢れだし、藤本の指を濡らしている。それゆえ、藤本が雄を扱き上げるたびにくちゅくちゅという いやらしい音が響き渡り、颯人の欲情をますます煽り立てる。

「いやらしい顔ですね」

耳元で藤本の甘美な声が響き、雄を扱く手のスピードが上がる。声音に誘われ、鏡越しに彼の顔を見やった颯人は、そこにやけに冷めた表情を見出し、一瞬にして我に返った。

「いやだ……っ」

我に返ると同時に羞恥心までも取り戻した颯人が、目を両手で覆い視界を塞《ふさ》ぐ。その瞬間彼は達し、白濁した液を藤本の手の中に放っていた。

「どうされました、颯人様」

くすり、と耳元で藤本が笑い、颯人の雄をゆっくりと扱き上げる。

「は、離してください……っ」

彼の手の中で自身の雄が、ぴく、と震えたことが耐え難く、颯人は藤本の手を振り払い前へと逃れようとした。

と、それまで少しも緩まなかった藤本の手があっさりと外されたせいで、勢い余り洗面台にぶつかり、そのまま崩れ落ちそうになった。

「大丈夫ですか」

両手を洗面台につき、バランスを取ろうとしていた颯人の背後で、嘲っていることを隠しもしない藤本の声が響く。

「ご入浴のあとにお食事をご用意いたします」

鏡に映る彼を見やった颯人に対し、やはり鏡越しに、にっこりと微笑んで藤本はそう言うと、軽く会釈をしバスルームを出ていった。

「……う……っ」

弛緩《しかん》しきっただらしない顔でいやらしく喘ぐ自分の姿が、颯人の脳裏に蘇る。

あんな顔を晒《さら》していたと思うだけで、恥ずかしく、情けなかった。泣きじゃくりながらはだけたシャツの前を合わせようとして目を落とすと、真っ赤に色づきまだじんじんと痺《しび》れている自身の乳首が目に入り、更に情けなさが募る。

本当になぜ、藤本はことあるごとに自分を辱《はずかし》めるのだろう。その理由を問い質すつもりだったのに、それより前にまたこのようなことになってしまった。

細川に命じ、自分を自宅に戻らせないようにした理由もまたわからない。藤本と自分の間にはなんのかかわりもないはずだ。

たとえ六年前、雨の中で佇んでいたあの少年が藤本だったとしても、自分とはほんの数秒顔を合わせただけで、関係性はまるでない。

なのになぜ――零れ落ちる涙を拭《ぬぐ》い、項垂れていた頭を上げた颯人の目に、鏡の中で顔を歪《ゆが》めて泣く己の姿が飛び込んでくる。

「…………」

その瞬間、感情の高ぶりが一気に引いていったのは、泣いている自分の顔が酷く無様に見えたからだった。

恥ずかしい、と頬を手の甲で拭い、涙を洗い流そうと冷水で顔を洗う。タオルで拭い、改めて鏡の中を見やりながら颯人は、藤本の意図を考え始めた。

自分と藤本の間のかかわりには、思い当たるものはない。だが、父と藤本の間には、何かしらの因縁があるのではないか。

いきなり父の容態が悪化するという状況に動揺しまくっていたため、深く考えることができずにいたが、容態悪化のきっかけとなったのは藤本との対面としか考えられない。

あのとき確か藤本はこう告げていた、と颯人は頭の中でその場の状況を思い起こした。

『社長、ご安心ください。ホテルのことも颯人様のことも、私が責任をもってお守りいたしますので』

『社長には恩義がありますので。社長が私にしてくださったのと同じように颯人様をお世話させていただきます』

どちらも、父を元気づけようとした言葉のように聞こえるが、何か裏があるのだろうか。暫くの間颯人はさまざまな可能性を考えたが、これが正解に違いないという答えを出すには至らなかった。

やはり本人に聞くしかない。そう結論づけると颯人は、『本人』である藤本に命じられたとおりに入浴をすませるべくバスタブに湯を張り始めた。

すぐに湯が溜まったので裸になり、バスタブに浸かる。裸になると先ほどの行為が頭に、そして身体に蘇りそうになったが、颯人は気力でそれを退け、違うことを考えようと試みた。

自分が感じた疑問は他にもあった。細川のことだ。細川は父に雇われた運転手のはずだ。雇用体系が違うのに、なぜ彼は藤本の命令に従っているのか。

しかも彼は藤本を恐れているように見えた。その理由もまるで見当がつかない、と颯人は青ざめた細川の顔を思い出し首を傾げる。

明日、父の見舞いに行く際にもおそらく社有車を使うことはできるだろう。細川と二人になる可能性も高いはずだ。二人きりになったら、もう一度細川に話を聞いてみよう。

常に前向きな颯人はそう心を決めると、まずは藤本と話をしようと風呂から上がり、何も着るものを用意してこなかったのでバスローブを羽織りバスルームを出た。

「……あ……」

寝室には既に、ルームサービスと思しき夕食が載ったテーブルが用意されていた。ベッドの上を見ると着替えも置いてある。

颯人は急いで着替えると、藤本の姿を求め次の間へと向かったが、ドアを開いたそこには誰の姿もなかった。

「………」

今度こそ話を聞こう、と意気込んでいただけに、颯人は拍子抜けし、なんだ、と溜め息を漏らした。

考えてみれば藤本はホテルのサービス部門の最高責任者だ。仕事も忙しいに違いない。自分にばかりかまけている時間はないんだろうな、と颯人はすぐに納得すると、食事をとるべく寝室へと向かった。

一人でとる食事は味気なく、数口食べるとすぐ食欲が減退した。胸がつかえて食べ物が喉《のど》を下っていかない。

そうも食欲がないのは、単に一人で食べているからではなく、謎と悩みとで颯人の胸がいっぱいになっているせいだった。

藤本はなぜ、自分に対し性的な悪戯をああもしかけてくるのか。

辱めたいから、という理由しか浮かんでこない、と溜め息をつき、フォークを置いた颯人の脳裏に、先ほど洗面台の鏡越しに見た、藤本の端整な顔が蘇った。

「…………っ」

同時に己の恥ずかしい姿までもが蘇り、いやだ、と首を横に振ったものの、網膜に焼き付いていた藤本の自分を見る目が、颯人を我に返らせた。

嘲るように自分を笑いながら、そして罵《ののし》りながらも、藤本の目はどこか寂しげだった。暗い日をしているというだけではなく、上手く表現できないが、何かに飢《かつ》えているとでもいうのか、何かを求めているとでもいうのか、そういう目を彼はしていたと、颯人は今更ながら思い出していた。

記憶の中の、降りしきる雨の中で佇んでいた少年の目と、鏡越しに見た藤本の目が重なる。少年の目には暗い炎が燃えていたが、やはりその瞳には寂しげな色があった。

酷い仕打ちをした相手の目を『寂しい』と感じるなど、おかしいという自覚はあった。が、どうしてもそう感じてしまうのだ、と颯人は目を閉じ、再度藤本の瞳を思いだそうと試みる。

彼の瞳が寂しかろうが、寂しくなかろうが、自分には関係ないことである。彼にされたことを誰かに——それこそ叔父にでも訴えれば、すぐに藤本は解雇され、わけのわからない嫌がらせから自分は解放されるのだ。

それなのになぜ、自分はそうした道を選ばず、彼の瞳の寂しさの理由を考えようとしているのだろう。

正論を告げる己の声が颯人の頭の中で響く。

確かにそのとおりではあるのだが、やはり気になってしまうのだ、と颯人はその『正論』に対し、答えにならない答えを心の中で返していた。

六年前に見かけたあの綺麗《きれい》な少年の涙は、この六年ずっと颯人の胸の中でひっかかっていた。その少年と六年の時を経て再会した今、彼のことを——藤本のことを知りたいという願望を抱く自分をとめられなかった。

なぜ、と問われたら答えようがないが、どうしても知りたい。その思いを抑えることはできない。

知り得たとして、何かが変わるのか。自分が馬鹿げた思いにとらわれていることを自覚すべきじゃないか、という、正論を告げるもう一人の自分の声を聞きながらも颯人は、脳裏に浮かぶ藤本の黒い瞳から——寂しげな色を湛えた綺麗な瞳の幻から、逃れられない自分を感じていた。

6

翌朝、颯人《はやと》は遠くで響く携帯のバイブ音で目覚めた。

「……あれ」

半分寝ぼけながらも慌てて周囲を見回す。携帯電話は確か、制服のポケットにしまったままになっていたはずだ、と制服のありかを求め壁に造り付けになっているクローゼットを開くと、果たしてそこに綺麗《きれい》にプレスされた制服がかかっていた。

ポケットを探って携帯を取りだし、ディスプレイを見る。聖夜《せいや》からだったので、慌てて応対に出たのだが、それは聖夜が病院にいるのではと思ったためだった。

こんな早朝に電話をかけてくるとは、もしや父の身に何か——変に高鳴る鼓動を、胸を押さえることでなんとか鎮めると、颯人は電話に向かい、

「もしもし？　聖夜？」

と呼びかけた。

『颯人、今、いいか？』

電話の向こうから、やたらと真剣な声が響いてくる。やはり父に何かあったのか、と心配のあまり泣き出しそうになりながら颯人は、

「どうしたの？　お父さんに何かあったの？」

と問いかけた。

『ああ、ごめん。違う。伯父さんは落ち着いているよ。病院には今、母親が詰めてる』

颯人の心情に気づいたらしい聖夜が、慌てた口調でそう告げる。

「……そうなんだ」

よかった、と安堵《あんど》したと同時に、それならどのような用だったのだろうと疑問を覚え、颯人が、

「どうしたの？」

と問う声と、

『実は藤本《ふじもと》のことで話があるんだけど、これから出て来られるか？』

という聖夜の声が重なった。

「……え？」

藤本のことで――？　思いもかけないところで出たその名に、颯人の口から戸惑いの声が漏れる。

『ああ、大切な話なんだ。これからウチに来てくれないか？』

電話の向こうの聖夜の声はまた、酷く真面目なものに戻っていた。

「わかった。すぐ行くよ」

藤本については颯人自身も知りたいことが山のようにあった。果たして聖夜がこれからするであろう話は、自分の疑問に答えるものなのだろうか。それともまったく別のものか。

どちらにせよ藤本について、何かしらの知識を得られるのならすぐにも知りたい、と颯人は即答し、電話を切ろうとしたが、

『ちょっと待ってくれ』

と聖夜に呼び止められ、ボタンを押す手を止めた。

「どうしたの?」

何か他に用事があるのか、と問い返した颯人は、返ってきた聖夜の答えに違和感を覚え答えに詰まった。

『……ウチに来ること、藤本には気づかれないようにしてほしいんだ。大丈夫かな?』

「……え……?」

どういうことなのだろう——わけがわからない、と黙り込む颯人の耳に聖夜の強張《こわば》った声が響く。

『ともかく、重大な用件なんだ。ホテルの運命を左右するといってもいいくらいの……』

「…………え……?」

またも予想もできない聖夜の言葉に、颯人が絶句した。
ホテルの運命を左右するとはどういうことなのだろう、と呆然《ぼうぜん》と立ち尽くす颯人の脳裏には
なぜか、降りしきる雨の中、じっとホテルを見つめていた少年の――藤本と思《おぼ》しき少年の姿が
浮かんでいた。

藤本に気づかれないようにホテルを出るには、と颯人は考え、従業員用の出入り口から外に
出る方法を選んだ。
そろそろ朝食でレストランが混み合う時間だからか、運良く誰にも見咎《みとが》められずにホテルの
裏口から外に出ることができたあとには、タクシーを捕まえられそうな通りまで走り、やって
きた空車に手を上げ乗り込んだ。
叔父は数年前に汐留《しおどめ》の高層にして高級なマンションの最上階の部屋を購入していた。颯人も
去年、一度だけ訪ねたことがあるのだが、二億とも三億ともいわれる値段の豪奢《ごうしゃ》なその部屋の
内装と、リビングの窓から見える眺望の素晴らしさに感嘆の声を上げたものだった。
タクシーはすぐにマンションに到着したが、車寄せには既に聖夜が苛々《いらいら》した様子で待ってい
た。

「ごめん、待たせて」

「いや、待ってない。さあ、行こう」

だが聖夜も恐縮する颯人に微笑《ほほえ》みを返す余裕は残っており、大丈夫だ、と笑顔を向けると先に立って建物の中へと入っていった。

エレベーターで最上階に上る間に、颯人は聖夜に、

「一体どういうことなの?」

と問いかけたが、聖夜は硬い表情のまま、

「部屋で話すから」

と言ったきり、口を閉ざしてしまった。沈黙が続く中、エレベーターはようやく最上階に到着し、開いた扉から颯人は聖夜に続いて降り立った。

相変わらず凄《すご》く立派だ、と思いつつドアを入ると、玄関先には叔父の順二《じゅんじ》が出迎えていて颯人を驚かせた。

「やあ、よく来てくれた」

「叔父さん?」

わざわざ出迎えてくれるなんて、と驚くと同時に、『藤本のことで話がある』というのは聖夜ではなく叔父だったのか、と颯人は察した。

一体どういった『話』なのか。その藤本の話がどう『ホテルの運命』に繋《つな》がっていくのか。

まるで想像がつかない、と思いながら颯人は、

「まずは上がってくれ」

と笑顔で促してきた叔父に「お邪魔します」と頭を下げ、導かれるままにリビングへと向かった。

「朝食はとったかな？　何か用意させようか？」

叔父は颯人を気遣い、そう言ってくれたが、特に朝食の用意はしていないようだと察したこともあり、それより用件を先に聞きたい、と颯人は、何もいらないと首を横に振り口を開いた。

「あの、藤本さんに関するお話ってなんでしょう」

「ああ、それが実は大変なことがわかったんだ」

途端に叔父の表情が引き締まり、眉間《みけん》に深く縦皺《たてじわ》が刻まれる。

「大変なこと？」

「そうだ。颯人君は藤本のことをよく知らないだろうから、まず、彼がホテルで今の役職につくことになった経緯から説明するよ」

叔父はそう言うと、長い話になるから、と聖夜に飲み物を用意するように指示を出した。

「わかった」

聖夜が頷《うなず》きキッチンへと消えようとするのを見て、颯人もまた立ち上がる。

「僕も手伝う」

めた。

「颯人君は話を聞いてくれ」

だが叔父はそれを制すると、颯人が知りたいと願っていた藤本とホテルのかかわりを話し始めた。

「藤本がホテルで働くようになったのは、彼が十八歳の時——今から五年前だ。最初は清掃のバイトとして入ったのだが、何がきっかけだったのか知らないが兄さんが彼を気に入り社員に取り立てた」

「……お父さんが?」

「ああ、サービス部門に配属したあと、数年で『執事』に据えたんだ。去年、前の『執事』が定年退職したんだが、これという適任者がいなかったせいもあり藤本が選ばれた。二十二歳ではまださすがに若すぎる。社員からは随分反対の声が上がったが、社長の一存で決定となった」

「……どうしてお父さんは……」

皆の反対を押しても、藤本をサービス部門の責任者にしたかったのだろう、と颯人が首を傾げたところに、盆にコーヒーカップを三つ載せた聖夜がキッチンから戻ってきた。

「はい」

まず颯人に、続いて父の前にカップを下ろし、自分もまた父の隣に座る。

礼を言おうとした颯人だが、叔父が喋《しゃべ》り出したので視線はそちらへと逸れた。

「どうして兄がそうも藤本に目をかけたのかは、私にもわからない。何度か理由を聞いたが、『優秀だから』で流されてしまった。優秀であることは認めるが、責任者にするには若すぎると随分意見したが聞き入れてはもらえなかった」

いつしか叔父の口調が忌々《いまいま》しげなものになっていることに、颯人は敏感に気づいた。叔父と父は仲が悪いというわけではなかったが、正直、『いい』とはいいきれないものがあった。

叔父は長男の父を常に立てていたが、名家の長男というポジションがそうさせるのか、父はそれを当然としている節があり、叔父がよかれと思って意見した場合もまるで聞く耳を持たなかった。

『ホテルの責任者は私だ』

叔父が何を言おうと、すぐにその言葉を口にする。それはそうだが、聞く姿勢くらいは見せればいいのに、と、颯人は思っていたものの、父に意見することはできずにいた。

確かに父側に問題はあったが、やはり父親を罵《ののし》られるのは辛《つら》い、と颯人は恐る恐る叔父に声をかけた。

「あの、それで、藤本さんがどうかしたのですか？」

用件は『ホテルの運命』ということだった。藤本が『執事』になったことが関係あるのか。しかし彼が『執事』となったのは去年だそうだから、今更、という感じはする。

一体どんな『話』があるというのか、と叔父を見つめる颯人の前で、叔父はコーヒーを一口

飲むと、

「前置きが長くなったが、そろそろ本題に入ろう」

　とカップをソーサーに置き、話を再開した。

「そういったわけで以前より私は、兄が藤本を抜擢《ばってき》したことに違和感を覚えていた。それで藤本の素性を調査会社に調べさせたんだが、結果、驚くべきことがわかったんだ」

「驚くべきことってなんですか」

　叔父にそのつもりはないのかもしれないとは思いつつ、勿体《もったい》ぶった言い回しに颯人は焦《じ》れ、思わずそう問いかけてしまったのだが、続いて叔父が告げた言葉はまさに『驚くべき』としかいいようのない事柄だった。

「藤本が両親も既に亡くなり、天涯孤独の身の上であることは我々も知っていた。だが、その亡くなった父親というのは、かつてうちのホテルのクリーニングを請け負っていた老舗（しにせ）のクリーニング業者の社長だったんだ。先代――いや、ほぼ創業時から一社専業ということで発注していたんだが、兄が経費削減を理由に業者を替えたんだ。藤本の父親の会社は受注の九割がうちのホテルだったから、切らないでもらいたい、価格については努力するからと泣きついてきたが、兄は聞き入れなかった。何十年も世話になってきた業者だというのに」

　またも叔父の口調が忌々しげになるのを颯人は感じたが、颯人自身、酷い話だと思っただけに叔父の心情に同調していた。

「新しい受注先を模索したが、クリーニング業界も競争が激しく、結局会社は多額の借金を残し倒産した。その借金返済のために、社長は——藤本の両親は心中したんだ。二人の生命保険の保険金を負債に当ててほしいといって」

「……っ」

痛ましげに口を閉ざした叔父の前で、衝撃のあまり颯人は息を呑《の》んでいた。

「そんな……それじゃ、藤本さんのご両親が亡くなったのはお父さんのせいだということ……？」

問いかける颯人の声が震える。

「……遠因かもしれないが、そう言えるね」

叔父が言いづらそうに相槌《あいづち》を打つ。

「も、もしかしてそれって、六年前のことじゃないですか？」

そのとき颯人の頭に閃《ひらめ》きが走り、確認をとるべく問いを発する。

「そうだ。今から六年前——藤本が十七歳のときのことだ」

叔父が肯定した瞬間、颯人は堪らず両手に顔を伏せていた。

「颯人君？」

「どうした、颯人」

叔父と聖夜、二人に呼びかけられたが、彼らに答える気持ちの余裕を颯人は持ち合わせていなかった。

彼の脳裏には今、降りしきる雨の中、びしょ濡《ぬ》れになりながらホテルを見つめていた藤本の姿が浮かんでいた。

見つめていたのではない。きっと睨《にら》んでいたのだ。自分の両親を死に追いやった憎きホテルを、彼は睨み付けていたに違いなかった。

その頬《ほお》を濡らしていたのはやはり雨ではなく涙だったのだろう。雨の冷たさも感じないほど、激しい憎しみを胸にあの場に佇《たたず》んでいたのかと思うと、颯人はもう藤本に対し、申し訳なくてたまらない気持ちに陥っていた。

ホテルの傘を差しだしても受け取らなかったわけだ。憎むべき相手のロゴが入った傘など触れるのも嫌だっただろう。

六年前と言えばまだ藤本は十七歳。今の自分よりも一歳若い。十七歳で両親を亡くした彼の悲しみ、ホテルへの憎しみはいかほどのものだったろう。

「……ごめんなさい……」

颯人の口から謝罪の言葉が漏れる。それを聞きつけ、叔父が、そして聖夜が、颯人を慰めにかかる。

「颯人君が謝ることはないよ」

「そうだよ、颯人が罪悪感を抱くことない。当の伯父さんがまったく意に介してないんだから」

「……え……？」

憤った声を上げた聖夜に、どういうことだ、という疑問が芽生えた颯人が涙に濡れた顔を上げる。

「……でも……お父さんは、悪いと思ったから藤本さんを雇ったんじゃあ……？」

罪悪感を抱いたからこそ、アルバイトとして入った藤本を正社員にし、数年で『執事』の座につけたのでは、と問う颯人に答えをくれたのは叔父だった。

「兄さんの性格からいうと、それはないんじゃないかと思うんだ。社長夫婦が心中したことは新聞記事にもなったし、うちが首を切ったせいだと世論で叩《たた》かれもしたんだが、兄さんは顔色一つ変えなかったし、葬儀にも勿論《もちろん》参列しないだけでなく香典も出さなかった。そんな兄さんが、藤本が死んだ社長の息子だと知ったところで、社員に取り立てるわけがないと思うんだ」

「…………」

父がそうも酷い対応をしていたとは、とショックを受ける颯人に気づかず、叔父が言葉を続ける。

「世間では随分、ウチが叩かれたからね。もしも兄さんが藤本を死んだ社長の息子だと知っていれば、忘れ形見に手厚い対応をしていると敢えて世間に知らせたはずだ。それをしなかったということは、兄さんは知らなかったんじゃないかと思う。藤本は母方の姓で、社長とは名字を変えていたしね」

「………そうなんだ……」

叔父の語る父の非道さに、颯人は唇を嚙《か》んだ。彼にとって何より哀しいのは、父はそんな人間じゃないという否定の言葉を口にできないことだった。

「……話を戻すよ？」

叔父はようやく颯人が落ち込んでいることに気づいたらしく、わざとらしく明るい声を出すと、話を続けた。

「藤本がそういった人物だとわかっていたから、私は折に触れ彼の行動を密《ひそ》かに探らせていた。その結果、とんでもないことがわかったんだ。彼は今、外資系企業と裏で通じ、ホテルをその企業に買収させようとして動いている。社長が――兄さんが倒れて不在の今、まさに契約締結するべく暗躍しているんだよ」

「な、なんですって!?」

今度こそ颯人は仰天し、大きな声を上げてしまった。

藤本がホテルを売却しようとしている――？　信じがたい、という以上に、彼にそのような権限があるのだろうかという疑問が颯人の胸に芽生える。

と、叔父はその疑問に気づいたようで、すぐに答えを与えてくれた。

「藤本は、兄の『委任状』を偽造したようだ。外資系企業はそれを見せられたという情報が入ったんだ。それでね、君に頼みたいことがあるんだよ。颯人君」

「……え……？」

未だに頭が混乱していた颯人は、いきなり『頼みたいこと』などと言われ、更に混乱を来《きた》すこととなったが、叔父はかまわず話を続けた。

「藤本がいつ、どんな動きを見せるかわからない。だから先手を打って兄さんの――社長の実印と土地建物の権利証を、ホテルの兄さんの部屋から持ち出してほしいんだ」

「……………え……………？」

熱く訴えかけてくる叔父を前に颯人は未だ、自分を取り戻していなかった。叔父の話がストレートに頭に入ってこず、胡乱《うろん》な声で問い返した彼に叔父は、なぜ実印と権利証が必要となるのか、噛んで含めるようにして説明してくれた。

「社長の委任状があろうとも、実際の売買には実印と権利証が必要となる。だから藤本がそれらを社長の部屋から持ち出すことができないように、先に手を打っておこうということだよ。下手をするともう、手に落ちているかもしれないから、すぐにホテルに戻ってその二つを兄さんの部屋の金庫から取り出してほしい。金庫の鍵は兄さんと息子の君、颯人君の二人しか持っていないが、社長が倒れた際、藤本がこっそり奪った危険がある」

「……………………」

ようやく叔父の話を理解したものの、未だに颯人は混乱していた。それゆえ返事ができずにいた彼に、叔父が確認を取ってくる。

「颯人君、わかるね？　ホテルの危機なんだ。すぐに権利証と実印をお父さんの部屋から持ってくること。いいね？　お父さんのホテルを守るためだ。わかったね？」

「………は、はい……」

幾分きつい語調で言われ、颯人は反射的に頷いてしまった。

「鍵は持っている？」

「……はい……」

金庫の鍵は以前より父から、決してなくさないよう肌身離さず持っているようにと厳命されているため、颯人はそれを母からもらったお守り袋に入れ常に帯同していた。

今日も持っている、と、お守り袋の入ったズボンのポケットを上から押さえる。

「実印と権利証を金庫から取り出したら、すぐにまたここに戻ってくるんだ。藤本に気づかれたら君の身に危険が迫るかもしれない。安全のために、今日から暫《しばら》くここに滞在するといい」

ぽん、と叔父が肩を叩き、颯人の顔を覗《のぞ》き込んでくる。

「……わかりました……」

返事をしたものの、颯人はまだ夢の中にいるような精神状態だった。それがわかるのか、聖夜が、

「大丈夫か？　一緒に行こうか？」

と心配そうに問いかけてくる。

「いや、お前が行けば目立つ」

だがその申し出は彼の父により制されてしまった。

「大丈夫だよ」

『大丈夫？』と問われた場合、たとえ少しも大丈夫ではない状況でも『大丈夫』と答える。それが颯人だった。咄嗟《とっさ》に作った笑みを聖夜に向けたことで逆に彼もまた、我に返ることができた。

叔父は余程権利証と実印が藤本に奪われていないかを案じているようで、早く、早くと颯人を急かし、おかげで彼は滞在時間十分ほどにしてマンションを出ることになった。

「なんか、ごめんな」

タクシーに乗り込むまで送る、とついてきた聖夜が、エレベーターの中で改めて颯人に頭を下げた。

「ううん、気にしないで」

叔父さんの気持ちもわかるから、と微笑み、首を横に振る颯人の脳裏に、玄関先まで見送ってくれた叔父の真摯《しんし》な言葉が蘇《よみがえ》る。

『お父さんの大切なホテルだ。我々でしっかり、守ろうじゃないか』

「…………」

そうだよな、と頷く颯人の口から溜《た》め息《いき》が漏れる。

「本当に大丈夫か？」

それを聞き逃さなかった聖夜に問われ、颯人ははっと我に返ると、

「大丈夫」

と再び微笑んだ。

タクシーはすぐにつかまり、颯人は車中の人になった。

「気をつけろよ」

何かあったら電話してくれ、と何度も念を押す聖夜に「ありがとう」と手を振り、彼の姿が見えなくなってからシートの背もたれに身体を預ける。

またも颯人の口から深い溜め息が漏れたのは、叔父に聞いた話があまりにショッキングであったためだった。

藤本の素性もショックなら、彼がホテルの乗っ取りを考えていることもショックだった。

だが、その藤本に対し——彼の両親に対し、父がしたことは更にショックだった、とまた颯人は深く溜め息を漏らす。

幼い頃より、殆《ほとん》ど交流らしい交流のなかった父だが、それは心が冷たいのではなく仕事が忙しいためだと颯人は理解していた。

それには理由があり、亡くなった颯人の母がことあるごとに幼い彼に対し『お父様にとって

ホテルがどんなに大切か』を語っていたためだった。

『お父様はホテルを愛してらっしゃるの。ホテルにはお客様が癒しと安らぎを求めていらっしゃるって。お客様一人一人にご満足いただけるように——誰にとっても気持ちの休まる温かな空間であるようにという願いをこめて、お仕事を頑張ってらっしゃるのよ』

だから不在がちでも寂しく思っては駄目よ、と続ける母の言葉はもしかしたら颯人にではなく、彼女自身に向けられたものだったのかもしれないと長じてから颯人は察したが、父が仕事に没頭する理由はそこにあるのだろう、と母同様彼もまた納得していた。

父がそうも愛したホテルが今、藤本の手により売却されようとしている。父がそれを知ればさぞ、ショックを受けるだろう。

ショックを受けるなどという生易しいものではなく、それこそ心臓が止まってしまうかもしれないほどの衝撃だろうが、それを為すのがその父に両親の命を奪われた藤本であることが、颯人に迷いを与えていた。

父のホテルは守りたい。だが、藤本が父を恨む気持ちも痛いほどにわかる。

「……どうしたらいいんだ……」

ぽつり、とその言葉が颯人の唇から漏れる。

藤本の憎しみは根深い。自分に対する淫《みだ》らな行為もおそらく、彼にとっては復讐の一環なのだろう。

そうも恨みを抱いている彼を出し抜き、父のホテルを守ることが果たして正しいといえるのか。颯人はそれを悩んでいた。

車はあっという間にホテルに到着し、颯人はまたも裏口からこっそりと入ると最上階の部屋を目指した。

鍵を持っていなかったため、父の部屋のドアはアームロックを外に出しこっそり開けたままにしておいた。

気づかれていたらどうしよう、と速まる鼓動を抑えつつ部屋に戻ったが、幸い、誰も訪れた人間はいないようで、ドアは颯人が出たときのままになっていた。

平日朝の今はおそらく、チェックアウトでホテルが最も賑《にぎ》わう時間帯なのだろう。加えて今日は何か宴会場で大きな催しがあるようだった、と従業員たちが慌ただしく行き来していたロビーの光景を思い出しつつ中に入る。

それだけ忙しい状況では、藤本も仕事の場から外れることはできなかったのだろう。今なら多分、叔父に言われたとおりに権利証と実印を金庫から取り出し、再びホテルを抜け出して叔父のもとに向かうことは充分可能だ。

ドアを入り、まっすぐに父の執務机へと向かった颯人は、父の椅子に座り、一番下の引き出しを開いた。

執務机は父が自宅から持ち込んだものであり、そこが金庫になっていることは颯人も知っていた。お守り袋から取り出した鍵を鍵穴に挿し、回す瞬間、中に権利証と実印がなかったらどうしよう、という不安が彼の頭を過《よ》ぎった。

「………」

なくなっていたとしたら、持ち出したのは藤本ということになる。その場合自分は藤本に『返してくれ』と言えるだろうか——そんな考えが颯人の頭に宿り、鍵を回す手が止まった。

「……言えない……僕には……」

じっと鍵を握り締めたまま金庫を見つめる颯人の脳裏には、六年前の雨の日、ホテルの前で傘も差さず、びしょ濡れになって佇んでいた藤本の姿が浮かんでいた。

指先が震え、思うように鍵を回せない。だが、いつまでもこうしているわけにはいかない、と颯人は必死で鍵を回し、震える手で金庫を開いた。

「……あった……」

何通もの書類が入っている金庫の中、一番上に、父の実印の入ったケースが置かれていた。いつも父はこのケースから実印を取り出していた、と手に取り開いてみる。

中に実印は無事にあった。よかった、と安堵の息を漏らすと颯人は、金庫の中を探りホテルの権利証を取り出すと、実印とそれを机の上に置き再び金庫に鍵をかけた。

叔父が案じていたようなことがなくてよかった——ここはもっと安心していいはずなのに、なぜか颯人の胸にはもやもやとした思いが渦巻いていた。

権利証と実印、この二つを叔父のもとに運べば父のホテルは人手に渡ることはない。いくら藤本が偽造した父の『委任状』を持っていようとも、この二つがなければ彼の陰謀は達成しないのだ。

すぐにもこの二つを叔父のもとへと届けねば、父が何より大切にしていたホテルを守れなくなる。

頭では勿論、早く行動すべきだと颯人は考えていた。が、それでも身体が動かなかったのは、気持ちの上で彼が納得していなかったためだった。

父への復讐のために、ホテルを外資系企業に売却しようとしていた藤本。計画の芽を摘めば彼の復讐心の行き場はなくなってしまう。六年前から抱き続けてきたその思いのやり場を失った藤本は、これからどうするのだろうか——。

自分が考えるべきことではない。それもまた颯人は頭ではそう納得していた。が、彼の気持ちは納得しきれていなかった。

藤本の立場と自分の立場を置き換えて考えてみる。

もしも自分の両親がこのホテルの社長のせいで自ら命を絶ったとしたら？　そのことを社長はまるで気にする素振りもみせず、葬儀にも参列しなかったとしたら？

いつか復讐してやろうと思い、アルバイトとしてホテルに潜り込んだあと、六年間もチャンスを狙っていたとしたら？　そのチャンスが目の前で潰《つぶ》されてしまったとしたら？

僕は生きていかれるだろうか。

「…………………」

もしも僕なら、絶望する。生きる糧を失ってしまう。颯人の導き出した結論はそれだった。

だからといって、藤本がやろうとしている行為を見過ごすこともできない。制止しなければ、父が何より――そう、命よりも大切にしていたホテルが人手に渡ってしまう。

「……どうしよう……」

ああ、と颯人は思わず天を仰ぐ。

一人では決められない。だが相談する相手もいない。叔父や聖夜に相談すれば、『馬鹿なことを言うな』と窘《たしな》められて終わるだろう。

どうしよう――颯人の頭の中をぐるぐると様々な考えが巡っていく。

早くホテルを出なければ、いつ藤本が部屋に来るか知れない。叔父も聖夜も心配するだろう。

そうわかっているのに颯人は父の執務机から立ち上がることすらできず、権利証と実印を前に頭を抱えてしまっていた。

7

颯人を我に返らせたのは、聖夜からかかってきた電話だった。

『颯人、どうした？　実印と権利証、見つかったか？』

思った以上に時間が経過していたようで、酷く心配そうな声で問うてきた聖夜に颯人は、しまったと反省しつつ慌てて答えを返した。

「ごめん。実印も権利証もちゃんとあったから」

『よかった！　そしたらすぐにこっちに戻って来いよ。いいな？』

心の底から安堵した様子の聖夜に、

「わかった」

と答え電話を切ったものの、未だ颯人は逡巡《しゅんじゅん》していた。

だが、いつまでも戻らなければ聖夜や叔父がまた心配するだろうと思い直し、権利証と実印を手近にあった封筒に入れると、それを胸に抱きホテルの部屋を出ようとした。

ドアを開き、左右の廊下を見渡す。人影はないのでこのままた、従業員用のエレベーターに走れば先ほど同様、無事に外に出ることはできるだろう。

ホテルを出たらタクシーを捕まえ汐留に戻る。そうすれば父の大切なホテルを藤本の手から守ることができるのだ。

「…………………」

自分が行動に移すべきは、それしかない。頭ではそうわかっているのに、やはり颯人の足は前に出なかった。

どうしよう、と暫くの間颯人はドアから首を出したまま、従業員用のエレベーターのある方向と、客用のエレベーターがある方向を代わる代わるに見やっていたが、やがて、よし、と心を決めると部屋を出て、右手へと——来客用のエレベーターへと向かい歩き始めた。

ボタンを押すとすぐに扉が開き、颯人はエレベーターに乗り込むと、最早迷わずロビー階のボタンを押した。

途中階で止まることなくエレベーターが静かにロビー階に——一階に到着する。チン、という音と共に扉が開くと、そこには客をエレベーターまで案内してきたと思しき藤本の姿があった。

「…………」

颯人の姿を認めた瞬間、藤本は微《かす》かに目を見開いたものの、すぐにエレベーターの扉を手で押さえ、まず颯人に、

「どうぞお降りください」

と軽く会釈をしたあと、彼が降りた箱に客たちを乗せ、自分もまた乗り込んだ。

扉が閉まるまでの間、颯人は藤本を見つめていたのだが、藤本の視線は客に注がれたままで

ちらとも颯人を見返すことはなかった。

藤本の姿が視界から消えてからも颯人はエレベーターホールに立ち尽くしていた。

部屋を出るなと命じられていた自分が、今、まさに外出をしようとしているとわかっただろ

うに、藤本はそれを咎めはしなかった。

理由は彼が、接客中であったから——客を優先したのはホテルマンとしては当然のことでは

あるが、それでも颯人は藤本の真摯な姿勢に感じ入っていた。

彼の耳にかつて母が何度も繰り返していた言葉がふと蘇る。

『お父様はホテルを愛してらっしゃるの。ホテルにはお客様が癒しと安らぎを求めていらっし

ゃるって。お客様一人一人にご満足いただけるように——誰にとっても気持ちの休まる温かな

空間であるようにという願いをこめて、お仕事を頑張ってらっしゃるのよ』

父の『願い』を今、藤本が身をもってかなえている。憎い相手のホテルの信用が保たれてい

るのは彼の真摯な姿勢にもその一因があるだろう。

父のためではないのかもしれない。外資系企業に高値で売却するために、ホテルの格を落と

さないことを目的にしているだけのことかもしれない。

仮にそうであっても、彼がしていることは今現在は父のためだ。そこまで考えたとき颯人は、自分の心を決めた。

おそらく藤本は客を案内したあとまたこのフロアに戻ってくるだろうと見越して、颯人は封筒を胸に抱いたまま、エレベーターホールで立ち尽くしていた。

扉が開くたびに視線を向けるが、なかなか藤本は降りて来ない。彼の戻る場所はここではないのだろうか。オフィスに向かうべきか。それを従業員の誰かに聞こうと颯人が誰か適当な人はと周囲を見回したそのとき、目の前のエレベーターが開きそこから藤本が降り立った。

「あ」

待っていたその姿を目の前にしたとき、颯人は思わず微笑んでしまった。が、対する藤本は少し驚いたように目を見開いたあと、いかにも作った笑みを向けてきた。

「颯人様、いかがされました？　ご朝食を届けさせましたが、お部屋で召し上がるのではなかったのですか？」

「……あの……」

笑顔は作っていたが、藤本の目は少しも笑っていなかった。冷たい、射るような視線を真っ直ぐに注がれ、颯人の身体がびくっと震える。

「お食事が冷めます。どうぞすぐにお部屋にお戻りください」

さあ、と藤本が颯人の背中に腕を回し、扉が開いていたエレベーターの中へと促そうとする。

身を竦《すく》ませていては駄目だ。勇気を出して自分の意思を告げるのだ、と颯人は自分を鼓舞すると、足を止め藤本を見上げた。

「藤本さん、お話があります」

「話？」

藤本にとって颯人の反応は予想外だったようで、またも少し驚いたように目を見開いたが、すぐににっこり、と営業スマイルとも言うべき笑みを取り戻し、ぐい、と颯人の背を強く押してエレベーターへと乗せようとしながら言葉を続けた。

「それではお部屋で伺いましょう」

「わかりました」

頷き、颯人は自らエレベーターに乗り込んだ。

「…………」

箱の中には誰もいなかったせいもあり、藤本は不審そうに眉を顰《ひそ》め、颯人の顔を見下ろしてきた。

すぐにエレベーターの扉が閉まり、最上階へと向かって箱が上昇し始める。

「何を考えているんです？」

颯人の耳に藤本の抑えた声が響いた。彼の手は相変わらず颯人の背にある。

「ホテルを抜け出そうとなさっていたのではないのですか？」

無言のままの颯人に、藤本が問いを重ねてくる。

確かに直前まで叔父のもとに向かうか否かを迷っていたが、既に心は決まっている。自分の選択に後悔はしない、と颯人はきっぱりと頷くと、藤本を見上げ口を開いた。

「あなたにお話があるんです」

「なんでしょう」

藤本がまたも眉を顰め問うてきたとき、エレベーターは最上階に到着した。

「まあいい。部屋で聞きます」

フロアには人の姿はなかったが、立ち話では落ち着かないと思ったのか、藤本はそう言うと先に立って歩き始めた。

客に対しては常に気を配り、間違ってもエレベーターを先に降りたりはしない。そうした心遣いをする対象に自分がないのは当然だが、先ほどまでの丁重すぎるほど丁重な客への態度を見ているだけに、颯人の心に一抹の寂しさが宿った。

サービスをされないことに対する寂しさではない。藤本に厭《いと》われていることに対し寂しさを覚えたのだが、自分の父親が彼の両親を殺したようなものだという状況を考えれば、それも当然だろう、と颯人は唇を嚙みしめ藤本のあとに続いた。

「話とはなんです？」

部屋に入ると藤本は立ったまま颯人に問いかけてきた。すぐにも仕事に戻りたいのか、顔に苛立ちが表れている。

「あの……」

最後の逡巡が颯人を襲ったが、迷っている時間はないと思い切り、手にしていた封筒を藤本に向かって差し出した。

「なんです」

訝《いぶか》りながらも藤本が手を伸ばし封筒を受け取る。

「………」

中を開いた藤本は、ぎょっとしたように目を見開き、その目を颯人に向けてきた。

「なんです、これは」

厳しい声を出し問い詰めてくる彼に臆《おく》しそうになるのを踏みとどまり、颯人は自分の『選択』を一生懸命藤本に説明し始めた。

「それ、藤本さんに差し上げます。藤本さんのお好きに使ってくださってかまいませんから……っ」

「何を馬鹿な。いくら息子とはいえ権利証や社長の実印を自由にできるわけがないでしょう」

呆《あき》れた口調で言いながら、藤本が封筒を颯人に返してくる。一抹の違和感を覚えつつも、受け取ってもらわなければ、という思いから颯人は必死で言葉を続けた。

「僕、聞いたんです！　藤本さんのお父様とお母様のことを！　父のせいでお亡くなりになったという話を……っ」

「なんですって?」

　その瞬間、藤本の顔色は颯人の目にもわかるほどはっきりと変わった。動揺が激しいのか言葉を告げようとしない彼に向かい、颯人は自分の気持ちが通じることを祈りつつ熱く訴えかけ始めた。

「僕のお父さんがクリーニングの発注を打ち切ったから、藤本さんのご両親の会社は倒産したって……だから藤本さんは復讐のために入社したんだって……。藤本さんがお父さんを恨む気持ちはわかります。僕が藤本さんでも、自分の両親を死に追いやった相手はなかなか許せないと思うから……だから……」

　まるで反応のない藤本に颯人は、再び封筒を差し出し頭を下げた。

「これを……藤本さんがこれを必要としていると聞きました。お詫《わ》びに、というつもりはありません。でも、藤本さんの復讐を止めることは、やっぱり僕にはできません。それで藤本さんの気が済むのなら、僕は……僕は……」

　ホテルが人手に渡ってもかまわない――そう言葉を続けようとした颯人の脳裏にICUにいる父の顔が浮かんだ。

　何本ものチューブが身体に差し込まれ、ようやく生きている状態の父――もしも父が息子である自分の所業を知ったら、ショックのあまり息を引き取ってしまうかもしれない。その危険があることは充分、颯人も理解していた。

父にとってホテルは何ものにも代え難い存在であることは、母の言葉なくしても颯人は自身の体験で充分感じていた。

父の視線は常にホテルへと向けられており、颯人を見ようとしなかった。家族より、息子より大切にしていたホテルだ。失えばさぞ辛いだろうが、それでも颯人は父に藤本に対する償いをしてもらいたかった。

だからこそ、この権利証と実印は彼に渡したい。心の中で父親に詫びつつ颯人は、

「僕は……これをあなたに使ってもらいたいと思ってます」

と、再び封筒を彼に差し出した。

「…………」

藤本からの返事はない。彼はどこか唖然《あぜん》とした表情をし、その場に立ち尽くしていた。

「あの……」

どうか受け取ってほしい、と颯人はおずおずと封筒を藤本の手に押しつけた。途端にはっと我に返った顔になった藤本が、まじまじと颯人を見下ろしてくる。

「…………あの…………」

藤本の目はどこか虚《うつ》ろで、颯人は彼の心がまるで読めずじっとその目を見つめ返した。

いつもある冷徹な光も、憎しみすら感じさせていた熱い炎もない、澄んだ瞳だった。思わず

吸い込まれそうになる、と、尚も藤本の瞳を見つめていた颯人の視界に、藤本の唇が微かに開くさまが映った。

「……受け取れませんよ」

直後に、ぽつり、と呟《つぶや》くような声が響き、封筒が押し戻される。

「でも、必要なのでしょう?」

必要であるのなら受け取ってほしい、とまた押し返そうとした颯人に藤本が逆に問い返してきた。

「私の両親の話ですが、どなたからお聞きになったのですか?」

「……え……?　あの……」

藤本がすっと颯人から目を逸らせ、一歩退きながら問うてきた言葉に、颯人は一瞬答えていいものかと迷い口を閉ざしかけたのだが、隠すことでもないかと考え直した。

「叔父さんです」

「私が権利証と実印を欲しているというのも専務からですか?」

更に問いを重ねてきた藤本は既に、いつもの彼の様子を取り戻していた。

その問いには颯人は答えるのを迷ったが、事情を話さなければ権利証と実印を受け取らないかもしれないと思い頷いてみせた。

「そうです。あの……叔父さんは藤本さんのことをちょっとその……調べていて、結果、外資系の企業にホテルを売却しようとしていることがわかったって……」

「それで私がホテルの権利証と社長の実印を必要としている、と？」

颯人の話が終わる前に、要領を得ない話し方に焦れたのか、藤本が確認を取ってくる。

「……はい……」

「呆れましたね」

頷いた颯人の前で、藤本は、やれやれ、というような溜め息を漏らし、肩を竦めた。

「私に権利証を渡すということは、ホテルの売却に手を貸すことになりますよ？　売却されれば当然、あなたのお父さんは社長ではなくなる。御巫《みかなぎ》家が代々引き継いできた帝都《ていと》ロイヤルホテルはなくなるんです。それがわかっていてあなたは私に権利証と実印を渡すんですか？」

「はい」

きっぱりと頷いた颯人を前に、藤本が驚いた顔になる。

「なぜ」

その言葉は咄嗟に出たもののようだった。普段の彼なら『なぜですか』といった問い方をしただろう。

それほど不思議に思っている、という認識を颯人は持っていなかったが、問われたからには答えねば、と考え考え話し始めた。

「確かに、お父さんにとってホテルはとても大切な存在です。それはわかっています。でも、お父さんは藤本さんのご両親に酷いことをした。その償いはしなければならないと思うんです……」

とつとつと喋る颯人の言葉を、藤本はもう遮らなかった。何かを考えているような顔で彼は颯人を見つめていたが、颯人が黙り込むとまた、

「なぜです」

と彼に問うてきた。

「なぜ？」

「父親は——社長は私に、償いをしたいとは思っていないでしょう。それなのになぜあなたは、父親に償わせたいと思うのです？　普通に考えたら、他人よりは肉親が大切なはずです」

「それは……」

藤本の言うとおり、他に家族のいない颯人にとって父はこの世の誰より大切な存在だった。いくら幼い頃よりかまってもらったことはなかったとはいえ、大切であることにかわりはない。なのに自分が父より藤本にとって有益な方を選ぶ理由は何かと問われ、颯人は改めて自身の胸中を振り返った。

「それは…………」

どうして父より藤本を選んだのか——それを考える颯人の脳裏に、六年前、降りしきる雨の中佇んでいた藤本の姿が蘇った。

『これ、使ってください』

『……これはホテルのだから駄目だよ……』

傘を差しだした颯人に、項垂《うなだ》れたまま首を横に振っていた少年の顔と目の前の藤本の顔がぴったりと重なる。

両親を奪ったホテルの傘など差したくない——その恨みを胸に抱き、ホテルへと潜入して復讐の機会を狙っていた藤本のこの六年間は、どれほど辛い日々だっただろう。

それを思うとやはり、父には藤本に償ってほしいと思うのだ、と颯人は密かに頷き、口を開いた。

「……僕は……六年前に藤本さんに会ったことがあるんです」

「……なんですって？」

眉を顰め、問い返してきた藤本には、どうやら記憶がないらしかった。一抹の寂しさを覚えつつも颯人は、その『出会い』を話し始めた。

「六年前……今の学校に行くため九州に旅立つ日に、父に挨拶《あいさつ》をしにホテルに来たんです。朝、ゆっくり話せなかったし、それに寮生活が始まれば当分会えなくなると思って……」

「…………」

颯人の話を聞く藤本は未だ不審そうな顔をしていたが、話が進むにつれ彼の表情に変化が表れ始めた。

「土砂降りの雨の日で……ホテルに入ろうとしたとき、雨の中に立ち尽くしていたあなたを見かけたんです。お父さんに挨拶をしてホテルを出たときにもまだあなたは立っていて、風邪を引いてしまうんじゃないかと気になって、ホテルの人に傘を借りて渡しに行ったんです。でもあなたはホテルの傘は借りられないと言うので、僕は自分の傘を渡して……」

「………あの……子供は……」

藤本は今や、呆然とした顔をしていた。ぼそり、と呟いた言葉から颯人は彼が、その日のことを思い出してくれたのだと察し、嬉しさから思わず駆け寄っていった。

「そうです！　僕です！　あのときあなたは、雨の中で泣いているように見えた。どうして泣いてるのか、ずっと気になっていたんです。それがお父さんのせいだとわかった今、あのときああも哀しい思いをさせたあなたに償いがしたいと思ったんです。だから……っ」

「だから私に権利証と実印を渡す……と？」

興奮し、弾んだ声を出していた颯人の言葉を藤本の冷静な声が遮る。

冷たささすら感じさせるその声音に、颯人の気持ちは一気にしぼんでいった。はしゃぎすぎてしまったか、とすぐに反省した彼は、

「あ……はい……」

「なのでどうか……」

と声のトーンを落とし、権利証と実印の入った封筒を藤本に差し出す。

藤本はじっとその封筒を見ていたが、やがて視線を颯人へと戻した。

「専務はあなたに、権利証と実印を、私には渡すなと言ったのではないですか？」

「……はい……」

俯《うつむ》き答える颯人の耳に、藤本の淡々とした声が響く。

「なのにあなたは、私に渡すと仰《おっしゃ》る。専務の言いつけを破るのですか」

「……はい」

叔父には悪いが決めたのだ、と颯人は顔を上げ、藤本を真っ直ぐに見上げた。藤本もまた真っ直ぐに颯人を見返していたが、やがて小さく溜め息を漏らすと、すっと彼から視線を背けた。

「専務の指示どおりになさればよいでしょう」

「……え？」

告げたと同時に藤本は颯人の身体を押しやり、一人ドアへと進んでいった。

「待ってください！」

そのまま部屋を出ようとする藤本の背に向かい、颯人は慌てて駆け出すと、まさに今、ドアから出ようとしている彼の腕を摑《つか》んだ。

「受け取ってください。父への恨みをこれで忘れてくださいという意味ではありません。ただ、僕はあなたにお詫びがしたくて……っ」

「ですから、その必要はありません」

淡々と——というより、少しの感情もこもっていない声音で藤本はそう言うと、颯人の手を振り払い部屋を出ていってしまった。

「藤本さん！」

閉まったドアを開き、颯人もまた廊下へと飛び出したが、藤本は彼を振り返ろうともせずエレベーターへと向かっていく。

「待ってください！　受け取ってください！」

あとを追い、また腕を掴もうとしたが、一瞬早く藤本が振り返り颯人を睨み付けてきた。

「受け取る気はありません。あなたから施しを受ける理由はありませんから」

「施しじゃありません！」

颯人は叫んだが、藤本の態度は軟化する気配を見せなかった。

「専務が持って来いというのなら、すぐにも持っていきなさい。私に渡す必要はありません」

きっぱりとそう言ったかと思うと、エレベーターのボタンを押し、すぐに開いた扉から中へと駆け込んでいく。

「待って……っ」

颯人も続いて乗り込もうとしたが、藤本が『閉』のボタンを押したらしく間に合わなかった。

「藤本さん！」

閉まった扉に向かい呼びかける颯人の目に涙が溢《あふ》れる。

「………どうして……」

『施し』ではない。『謝罪』なのだ。なぜわかってくれないのか、と哀しく思いながら颯人がエレベーターのボタンを押そうとしたそのとき、別のエレベーターの扉が開いたかと思うと一人の若い男が飛び出してきた。

「颯人！　何やってるんだよ！」

すぐに颯人の姿を認め、駆け寄ってきたのは聖夜だった。

「電話切ってから随分経つのに戻って来ないから心配したんだぞ。藤本に気づかれたんじゃないかと親父も心配してた」

「ご、ごめん、でも……」

聖夜に物凄《ものすご》い剣幕でまくし立てられ、颯人は事情を説明しようとしたのだが、聖夜は余程焦っているのか聞く耳を持たなかった。

「話はあとだ。車を待たせてある。すぐ行こう」

颯人の肩を抱き、エレベーターへと颯人を誘《いざな》う。

「あの、聖夜……」

待機していた箱に乗り込み、ロビー階のボタンを押す聖夜に、颯人はまた話しかけたが、逆に問いを放たれてしまった。

「一体何をしてたんだ？　もしかして藤本に気づかれたのか？」

心配そうに問いかけてきた聖夜に颯人は、

「そうじゃなくて……」

自分が藤本に気づかせたのだ、と告げかけたのだが、聖夜が心から安堵した顔を見て、何も言えなくなった。

「よかったよ。さあ、親父が待ってる。行こう」

エレベーターはあっという間にロビー階に到着し、扉が開く。聖夜は颯人を急かし、エントランスへと向かった。

「ヤバい。藤本だ！」

聖夜が焦った口調で颯人に囁《ささや》き、彼の肩を抱いたままエントランスの自動ドアを駆け抜ける。

「……あ……」

颯人の視界を、フロント前に立っていた藤本の姿が過ぎった。藤本もホテルを駆け出していく颯人と聖夜には気づいたようで、一瞬だけ颯人は彼と目が合った気がした。

「聖夜」

やはり権利証と実印は藤本に渡したい。その思いから颯人は聖夜に呼びかけ、フロントに引き返そうとしたのだが、聖夜は「早く早く」と颯人を急かし、車寄せに待たせていた黒塗りの車に乗り込まされてしまった。

「すぐ出して」

続いて乗り込んできた聖夜が運転手にそう声をかける。運転手は返事をしたと同時に勢いよく車を発進させ、ホテルはあっという間に後方へと遠ざかっていった。

「ああ、やっとほっとした」

やれやれ、と言いたげな表情をしたあと、聖夜が颯人に笑いかけてくる。

「……ごめん、心配かけて……」

そんな彼に対し、頭を下げはしたものの、颯人の視線はどうしてもリアウインドを通り越しホテルへと向かってしまっていた。

「そうだ、親父も安心させてやろう」

聖夜がにこにこ笑いながらポケットから携帯を取り出しかけ始める。

「もしもし、俺。これから颯人と帰るから。権利証と実印？　無事だよ」

すぐに応対に出たらしい叔父を相手に会話を始めた聖夜がここで、

「な？」

と颯人に笑いかけてくる。

「あ……うん」

頷く颯人の頭にはそのとき、なんとしても権利証と実印を受け取ってくれなかった藤本の、この上なく冷たい表情を浮かべた綺麗な顔が浮かんでいた。

8

汐留のマンションにはすぐ到着し、颯人は相変わらず聖夜に急かされながらエレベーターに乗り込み、最上階を目指した。

「早く親父を安心させてやりたいんだ」

颯人が藤本の手に落ちてしまったのではないかと、叔父の順二の心配のし具合は見ていられないほどだった、とまで聞かされては颯人も早く叔父に詫びねばという気持ちになり、エレベーターの扉が開くと聖夜と共に叔父の待つ部屋を目指し駆け出した。

「ただいま、お父さん」

鍵は既に叔父が開けてくれていたようで、聖夜が先に飛び込むと叔父は玄関先で待っていて、息子には声もかけず、その後ろから部屋へと入ってきた颯人へと駆け寄ってきた。

「颯人君、実印と権利証は無事だったかい？」

近くで見る叔父の目は血走っていた。その目が見つめるのは自分の顔ではなく手の中にある封筒で、颯人は叔父が心配していたのは自分の身の安全ではなくて権利証と実印の無事だったのではないかとつい考えてしまった。

だが、心根の優しい颯人は、そんな自分の思考を『穿《うが》ちすぎ』と判断し瞬時にして反省した。

「ごめんなさい、叔父さん。遅くなって……」

それで彼は真摯に詫びたのだが、叔父の耳には颯人の謝罪は少しも入っていないようだった。

「権利証と実印は私が預かろう。すぐに安全な場所に保管するよ」

そう言ったかと思うと、颯人の手から封筒を奪おうとした。

「あ、あの、叔父さん」

反射的に取られまいと封筒を抱き締めてしまった颯人は、叔父が尚も手を伸ばしてきたのにぎょっとし、一歩後ずさった。

「お父さん、なんだよ?」

横から聖夜もまた驚いた声を上げ、颯人を庇《かば》うようにして彼の前に立つ。

「驚かせたね、すまなかった。兄さんのホテルが人手に渡ってしまったのではと思うともう、気が気ではなくて……」

息子と甥《おい》、二人に訝しげな目で見られ、順二は慌ててそう笑ってみせたのだが、颯人の目にはやはり叔父が体裁を整えているようにしか見えなかった。

しかしそれだけ叔父も、ホテルのことを大切に考えてくれているということなのだろう、と自分を納得させると、かった。

「さあ、上がってくれ」

と、無理矢理作ったような笑顔で誘ってきた叔父に頷き、彼のあとに続いてリビングへと向

「権利証と実印、見せてくれるかい？」

ソファに座るやいなや、叔父はまた颯人にその二つの提示を求めた。

「あの……」

見せる分にはいっこうにかまわないのだが、既に颯人はこれらを藤本に渡す決意を固めている。それを叔父にも納得してもらわねば、と颯人は心を決め、叔父を真っ直ぐに見つめ口を開いた。

「叔父さん、僕は藤本さんに権利証も実印も渡してしまおうと思ってるんです」

「なんだと!?」

目の前で叔父が仰天した顔になる。

「颯人、お前、どうしたんだ？　頭でも打ったのか？」

隣に座っていた聖夜も心配そうに颯人の顔を覗き込んできた。二人の驚きは颯人にとって想定内であったため、そう動揺することなく話を始めた。

「叔父さんに藤本さんのご両親の話を聞いてから、考えて考えて決めたんです。お父さんが藤本さんのご両親を死に追いやったのなら、その償いはすべきだって。もし藤本さんが権利証と

実印を欲しいというのなら差し出そうって」

「待ちなさい、颯人君。君は自分が何を言っているのかわかっているのか？」

叔父が真っ青になり、身を乗り出して颯人の肩を掴み揺さぶってくる。

「そうだよ。権利書を渡せばホテルは人の物になってしまうんだぜ？」

横から聖夜が、さすがにそのくらいのことはわかっているという内容の言葉を告げ、颯人の顔を覗き込む。

二人とも真っ青だ、と、動揺しまくる親子を前にする颯人は逆にますます冷静になっていった。

何をどう言えば叔父にわかって、そして了承してもらえるのだろう。それを考え始めたそのとき、不意に肩にあった叔父の手が動き、颯人の腕から権利証と実印の入った封筒を取り上げようとした。

「叔父さん!?」

突然の叔父の行動に颯人は驚いたものの、叔父が奪うよりも前に封筒をぎゅっと胸に抱き腕の中に残したのだが、叔父は必死の形相で颯人から封筒を奪おうとする。

「颯人君、貸しなさい！　貸すんだ！」

「お、叔父さん、どうしたの？　痛いよ」

乱暴に腕を掴み、封筒を奪い取ろうとする叔父に、颯人は戸惑いまくりながらも抵抗を続けた。

「お父さん、何やってんだよ」

戸惑っているのは颯人だけではなく、聖夜もまた父親の変貌《へんぼう》に驚き、颯人を庇って父の腕を摑もうとする。

「いいから権利証を！　もう時間がない!!」

「……え？」

悪鬼のごとき形相で迫る叔父が叫んだ言葉が気になり、颯人が問い返す。

「お父さん？」

聖夜もまた疑問を覚えたようで、眉を顰め父親の顔をじっと見つめた。

「……っ」

二人の視線を浴び、順二がはっと我に返った顔になる。

「な、なんでもない。いいから早く権利証を……」

「待てよ、『時間がない』ってどういうことだ？」

どう見ても『口を滑らせた』としか思えない順二に、聖夜がしつこく食い下がる。

「お前は黙っていろ！」

だが叔父は彼を一喝すると、尚も颯人に向かい手を伸ばした。

「よせよ！」

理不尽と思ったらしい聖夜が、そんな父の腕を掴む。と、順二は今度、聖夜に必死で訴え始めた。

「聖夜、いいから権利証と実印を颯人君から取り上げて私に渡せ！」

「なんでだよ？　何言ってんの？」

戸惑った声を上げた聖夜に順二が告げた言葉は、聖夜を、そして何より颯人を驚かせるものだった。

「それがないと買収の話が立ち消えになる！　私の立場が危うくなるんだ！」

「……え……？」

咄嗟には叔父が何を言っているのか、颯人は理解できなかった。聖夜もまた同じのようで、

「買収？」

と父に問い返している。

「……そうだ。今日の三時までに本契約を締結しないと、ホテルの買収の話も、私を日本法人の社長にする話もすべて白紙にすると先方から連絡があった。すぐにもここを出ないと会合場所に間に合わなくなる……っ」

「ま、待てよ。それじゃあ、買収の話を進めてたのは、藤本じゃなく……」

呆然とした顔で聖夜が呟く。颯人もまた、信じられない、と目を見開き、『思いやり溢れる叔父』の仮面をかなぐり捨てた順二の姿を見つめていた。

「……ああ、私だ。外資系大手とホテルの買収話を進めていたのは私だよ」

叔父が聖夜に、きっぱりとそう頷いてみせる。

「どうして⁉」

聖夜は今や、颯人以上に興奮しているようだった。

「どうしてそんなことを？　伝統ある帝都ロイヤルホテルを……御巫家のホテルを外資系に売っぱらうなんて、何を考えているんだっ！」

怒鳴る聖夜の声にかぶせ、順二の思い詰めた声が響く。

「お前のためだ‼」

「俺の？　なんでだよっ」

更に怒鳴る聖夜へと順二は切々と訴えかけ始めた。

「帝都ロイヤルホテルは御巫家のホテルだと今、お前は言った。確かにそのとおりだ。代々御巫家の当主が守ってきたホテルであることは間違いない」

「だろう？　ならなぜ、お父さんはそれを売るなんて……っ」

信じられない、とばかりに叫ぶ聖夜は、続く父の言葉を聞き沈黙した。

「あのホテルは『御巫家の当主』だけのものなんだ！　当主でなければいくら御巫家の血を引いていようが、他の従業員と一緒の扱いになる！　私はもうそれに耐えられなくなったんだ！」

「……お父さん……」

呆然とする聖夜が、呟くように呼びかける。その横で颯人もまた呆然としていたのだが、そんな彼に対し、自身の心情を吐き捨てた順二が燃えるような視線を向けてきた。

「ああ、そうだ！　私は兄さんの——お前の父親のワンマンぶりに耐えられなくなったんだよ！」

「……叔父さん……」

憎々しげに叫ぶ順二は、颯人の知っている、常に慈愛に満ちた目で自分を見つめてくれていた叔父ではなかった。

颯人が幼い頃から叔父は、颯人の父が仕事仕事で子供を顧みないのを気の毒がり、父親代わりの役割を担ってくれていた。

『ホテルにはお父さんが必要なんだよ。お父さんあってのホテルだからね』

だから叔父さんで我慢してくれよ、と優しく笑っていたその顔は、偽りのものだったのか。ワンマンな父に対し、怒りを——それこそ、父が命よりも大切にしているホテルを赤の他人に売却し、父の手から取り上げてしまおうというほどの怒りを抱えてきたというのか。

信じられない、と颯人はただただ呆然と叔父の顔を見つめることしかできずにいたのだが、いつしか腕が緩んでいたその隙を突いて、横から聖夜に封筒をバッと奪われ、はっと我に返った。

「せ、聖夜……」

「ごめん……ごめん、颯人……」

驚き見やった先では、聖夜が心の底から申し訳なさそうな顔をしつつもしっかりと権利証と実印の入った封筒を握り締めていた。

「どうして……」

先ほどまで聖夜は父親の所業を酷く怒っていたはずだった。それがなぜ、と信じがたい思いを抱きつつ見つめる颯人に聖夜は再び、

「ごめん……」

と謝罪をしたあと、握っていた封筒をすっと父親へと差し出した。

「聖夜……っ」

順二が感極まった顔を息子へと向ける。

「お父さんが悔しい思いしてたの、俺、近くで見てたし……」

ぼそぼそと聖夜が呟いている言葉は、父に向けられたものか、それとも颯人に対する言い訳か、はたまたその両方なのか、颯人には判断がつかなかった。

判断できるのはただ一つ、親友だと思っていた聖夜が自分よりも父親の利得を選んだという事実のみだった。

だがそれも仕方のない話だ、と颯人は、心底嬉しそうな顔をする叔父の前で項垂れる聖夜の

姿を前に、はあ、と深い溜め息を漏らした。

従兄弟《いとこ》と父親。選ぶとしたら当然父親になる。その上颯人もまた、自分の父がどれだけ叔父を邪険に扱ってきたかを目の当たりにしてきた。

叔父の怒りもわかる。叔父が先ほどうっかりと漏らしてしまった言葉からすると、彼は外資系企業にホテルを売却したあと日本法人の代表に収まるつもりなのだろう。

父はホテルを奪われることになる――この場所に来るまで颯人は、権利証と実印を藤本に渡すつもりでいた。

父は藤本の両親を死に追いやったのだから、それ相応の償いをすべきだという思いからだったが、父は叔父に対しても酷い仕打ちをしてきた。

叔父のプライドをいたく傷つけた、その責任は大きい。

だが果たしてそれは、父が命よりも大切にしているホテルを奪われるに相応《ふさわ》しい『理由』だろうかと、颯人は改めて叔父を見やった。

「すぐ、出かける」

必要なものが手に入った喜びが叔父の全身に漲《みなぎ》っていた。それは声にも表れており、やたらと弾んだ声音で叔父は聖夜にそう告げたかと思うと、封筒を手にしたままドアへと向かおうとした。

「待ってください！」

それまで項垂れていた颯人がそうも俊敏な動きを見せるとは、叔父も、そして聖夜も予想していなかったようだ。聖夜に遮られることもなく、そして叔父に振り払われることもなく颯人は、ソファから立ち上がり、叔父の背に飛びかかっていった。

「颯人！」

「よせっ」

バランスを失い、叔父がよろける。その隙を突き颯人は彼の手から封筒を奪い取った。

「おいっ」

叔父が慌てた声を上げ、また封筒を奪い返そうとする。その手を避けた颯人の背後から聖夜が飛んできて、あっという間に羽交い締めにされた。

「離して！」

暴れようにも体格と腕力の差はいかんともしがたい。聖夜の腕を振り払うことなど颯人にできるわけもなかった。

「お父さん！」

今だ、と聖夜が父に呼びかけ、叔父が「ああ」と安堵した顔で近づいてくると、暴れる颯人の手から封筒を奪おうとする。

「やめてください！　叔父さん！　聖夜！」

叫ぶ颯人が封筒を離さずにいると、叔父は舌打ちしながら彼の手首を摑み、強引に指を外さ

せようとした。

「聖夜！　離してくれよ！」

無理矢理に手を開かされそうになり、颯人は背後の聖夜に呼びかけたが、聖夜が彼に言葉を返す気配はなかった。

「時間がないんだ！　いい加減に離しなさい」

叔父が焦った声を上げ、更に強い力で颯人の指を開かせようとする。

「やめて!!」

堪らず颯人が叫んだそのとき、ピンポンピンポンとドアチャイムが連打される音が室内に響き渡り、その場にいた皆の注意をさらった。

「インターホンか？」

「いや、ドアチャイムだと思う」

聖夜とその父は顔を一瞬見合わせたものの、無視することに決めたらしく再び颯人の手から封筒を奪おうとし始める。

ピンポンピンポンピンポンピンポンピンポンピンポンピンポン。

だが続いてドアチャイムを連打されたあと、それでも出ずにいると今度は、ドンドンと激しく扉を叩く音が聞こえてきて、またも叔父と聖夜は顔を見合わせ首を傾げることとなった。

「何事だ？」

「さあ……」

俺にわかるわけがない、とばかりに肩を竦める聖夜に父の怒声が飛ぶ。

「確かめて来るんだ！」

「颯人はどうする？」

「私が押さえている」

問いかける聖夜に叔父はそう答えると、颯人の両手首をしっかりと握り、逃げ出せないようにした。

「わかったよ」

聖夜が颯人の身体を離し、玄関へと向かうべく部屋を出ていく。この隙に、と颯人は叔父の手を振り払おうとしたが、その手は緩むどころかますます強く颯人の手首を締め上げ、あまりの痛みに颯人は悲鳴を上げそうになった。

「さあ、渡しなさい！」

唇を噛み、痛みを堪えていた颯人の手首を尚も締め上げ、叔父が封筒を離させようとする。離すものかと思うが、指が痺《しび》れて力が入らなくなってきて、今にも颯人は封筒を取り落としそうになっていた。

「離すんだ！」

叔父の怒声が轟《とどろ》き、颯人の手首を掴む手に一段と力が込められる。もう駄目だ、と颯人がぎ

ゅっと目を閉じたそのとき、

「うわっ」

という聖夜の大声が廊下の方から響いたと同時に、人が争う気配が伝わってきた。

「なんだ?」

叔父の耳にもそれらの音は届いたらしく、視線をドアへと向ける。

今だ、と颯人が叔父の腕を振り払おうとした瞬間、バタンと大きな音を立ててドアが開き、思いもかけない人物が室内に駆け込んできた。

「……っ」

驚きすぎて声も出ない颯人のかわりに、同じく酷く驚いているらしい叔父の声が響く。

「藤本っ！　なぜお前がここに……っ」

そう、突然室内に姿を現したのは、叔父によりホテル売却の首謀者に仕立て上げられていた藤本、その人だった。

「……どうして……」

この場に現れたのか。自分は夢でも見ているのではないかという疑問がようやく言葉になり、颯人の口から零《こぼ》れる。

と、そのとき、

「貴様っ」

と怒声を張り上げながら、聖夜が部屋に飛び込んできた。どうやら殴られたらしく、頬が酷く腫れている。

殴ったのは当然――と颯人が視線を藤本に向けると同時に、聖夜が彼に殴りかかっていった。

「危ない！」

颯人は思わず悲鳴を上げたが、それがどちらに向けられたものかは自分でもわかっていなかった。その間に藤本は聖夜を軽くかわし、真っ直ぐに颯人と叔父へと向かってきた。

「一体なんの用だ！　家に呼んだ覚えはない！」

後ろめたいことがあるためだろう、叔父が藤本に喚《わめ》きたてる。さすがに外聞を気にして颯人の腕を離していたため、颯人は封筒をしっかり胸に抱くことができていた。

藤本はそんな颯人と叔父を代わる代わるに見やったあと、慇懃《いんぎん》無礼としかいいようのない態度で叔父に軽く会釈してみせた。

「専務にお急ぎのご連絡がありましたので、訪問させていただきました」

「急ぎの連絡だと？」

どうみても尋常ではない室内の様子には一切触れない藤本を訝った様子で、叔父が問い返す。

「はい」

藤本はそんな彼にいつものように優雅に微笑んでみせると、淡々とした口調で話し始めた。

「先ほどR社の代表、ミスター・カーライルからお電話がありました。買収の話は白紙に戻すとのことです」

「な、なんだって……っ」

叔父が絶句し、その場に立ち尽くす。みるみるうちに顔面蒼白《そうはく》になっていく叔父の顔を前に呆然としていた颯人は、藤本ににっこりと微笑みかけられ、はっと我に返った。

「ホテルにお戻りください、颯人様。権利証と実印はそう簡単に外に持ち出してよいものではありません。社長に知れぬうちに金庫にお戻しくださいませ」

「あ、あの……」

何が起こっているのか、颯人にはまったくわかっていなかった。状況がわかっていないのは颯人だけではなかったようで、今や紙より白い顔となった叔父が藤本に取り縋《すが》る。

「待て、どうしてお前がミスター・カーライルの名前を知っている？　先ほどの伝言は本当なのか？　それともお前の作り話か？」

「お、お父さん……」

取り乱す父の姿を前に、聖夜は今にも泣き出しそうな顔をしている。彼らをちらと見やったあと、藤本は相変わらず淡々とした口調で話を始めた。

「作り話ではございません。以前より専務が社長の承諾なく、R社とホテル買収の話を進めていることには気づいておりました。それを先ほど社長に報告した結果、買収の話など認められないと仰いましたので、先方にお断りを入れた次第です」

「しゃ、社長に……」

口をあんぐりと開けたまま、叔父が呟くようにそう告げる。既に目の焦点があっていないような状態の彼の額からはだらだらと汗が流れ、今にも倒れそうになっていた。

「はい。先方より、買収計画に社長の合意が得られないということであれば、こちらも無理に買収話を進めるつもりはない、専務を日本法人のトップに据えるというお話も白紙に戻すというお言葉を頂いています」

「…………」

それがとどめとなったのか、叔父ががっくりと膝《ひざ》をつき床に蹲《うずくま》る。

「お父さんっ」

聖夜が駆け寄ったときには、叔父は床に顔を伏せたまま、嗚咽《おえつ》の声を漏らしていた。

「おしまいだ……何もかも……」

「しっかりしろよ、お父さん……っ」

呆《ほう》けたように『おしまいだ』と繰り返し泣き噎《むせ》ぶ叔父に対し、なんと声をかけたらいいのかもわからず立ち尽くしていた颯人は、不意に目の前に人影が差したのにはっとし顔を上げた。

「さあ、参りましょう」

「で、でも……」

このまま叔父を放置していいものか、と視線を叔父へと向けた颯人の背に藤本の腕が回る。

「参りましょう」

叔父などにかまうな、と言いたげな語調の強さで藤本にそう促され、颯人は後ろ髪を引かれる思いで部屋をあとにしようとした。

「颯人」

ドアを出る間際、背後から響いてきた聖夜の声に、颯人は足を止め肩越しに振り返った。

「……ごめん……ごめんな……」

聖夜は颯人と目が合うと、罪悪感からか真っ直ぐに見返すことができずに目を逸らし、ぼそりと謝ってきた。

父親に手を貸し、颯人から権利証と実印を奪おうとしたことを詫びているのだと察した颯人は笑って首を横に振ってみせた。

「仕方がないよ。聖夜のお父さんの望みだったんだもの」

気にしないで、と告げようとしたが、そのときには藤本に強く背を押され部屋の外に出させられてしまっていた。

「同情の余地などないでしょうに」

廊下に出た途端、呆れた声が傍らから聞こえてきたのに驚き、顔を上げた颯人に、声の主である藤本が愛想の欠片《かけら》もない声を浴びせてくる。

「帰りますよ」

「は、はい……」

先ほどとは打ってかわった冷たい対応に、戸惑いを覚えながらも颯人は彼のあとに続いた。

対応は冷たいが、藤本は自分を助けにきてくれたのだと思う。彼のおかげでホテルは売却されずにすんだ。

自分も、そしてホテルも救ってくれた彼の動機は一体なんだったのか。父を、ホテルを、そして僕を恨んでいるのではないかと、颯人は一言も喋らずに前を歩いていく藤本のピンと伸びた燕尾《えんび》服の背中を見つめていた。

9

藤本《ふじもと》は社有車で順二《じゅんじ》のマンションまで来ていた。

「坊ちゃま！」

車寄せに止めた車の前、おろおろした様子で待っていた細川《ほそかわ》が、颯人《はやと》と藤本、二人の姿に気づき駆け寄ってくる。

「ご無事で……」

「細川さん」

身を案じてくれる細川に、颯人は『大丈夫』と答えようとしたのだが、それを藤本が制した。

「ホテルに戻ります」

「か、かしこまりました」

細川は藤本に声をかけられ、はっとした顔になると、二人のために後部シートのドアを開いたあと、そそくさと運転席へと戻っていった。

車中、藤本は一言も口をきかず、じっと前を見つめていた。話しかけづらい雰囲気を醸し出している彼に声をかける勇気はなく、颯人も口を閉ざしたまま十分ほどを過ごした。

ホテルに到着すると藤本は颯人を振り返ることなく中へと進んでいった。

「坊ちゃま……」

あとから車を降りた颯人は、藤本のあとを追おうとしたが、細川に声をかけられ足を止めた。

「……よくぞご無事で……」

細川は涙ぐんでそう言うと、颯人に駆け寄り耳元に囁《ささや》いてきた。

「このまま坊ちゃんをご希望の場所までお送りします。ホテルになぞいる必要はありません。

どうぞ車にお乗りください」

決意を固めた様子で告げる細川に颯人は戸惑い、

「あの……？」

と問い返した。

「藤本の好きにはさせられません」

細川はきっぱりとそう言い切ったかと思うと、颯人に対し深く頭を下げた。

「旦那様がこれまでしてきたことを対外的に暴露すると脅され、言うことを聞かされていたのです。ですがこれ以上、坊ちゃんが酷い目に遭われるかと思うと私は……」

「ちょ、ちょっと待ってください。お父さんがどんな酷いことをしていたと……？」

わけがわからない、と、問い質《ただ》す颯人に、細川は酷く辛《つら》そうな顔になったあとに、聞こえないような声で颯人の問いに答えたのだが、それは颯人にこの上ない衝撃を与えるものだった。

「……旦那様は以前藤本に、今、坊ちゃんがされているような行為を強要していたと……その証拠もあると……」

「…………え…………」

そんな――言葉を失う颯人に細川がいたわりの言葉をかける。

「当時、ホテルの経営が芳しくなく、それで旦那様は相当ストレスをお溜めになっていらっしゃいました。その発散の場所を藤本にぶつけたのでございましょう。私も車の中で何度か見たことがございます……」

「そ、そんな……」

愕然《がくぜん》としながらも颯人は今、藤本の所業の理由も、そして父の動揺の理由もはっきりと悟っていた。

藤本が自分に対して行ってきたいやらしい行為の数々は、自分の父親から藤本に与えられたものだったのだ。

『社長には恩義がありますので。社長が私にしてくださったのと同じように颯人様をお世話させていただきます』

そして父が藤本のこの言葉に意識を失うほどに動揺したのは、自分が為したのと同じ行為を息子にしてやると宣言されたためだった。

「……そんな………」

混乱する頭で颯人は再びそう呟《つぶや》いたのだが、細川に肩を摑《つか》んで揺さぶられ、はっと我に返った。

「ですから坊ちゃん、どうか車に乗ってください。お父様の病院でも、お友達の家でも――そうだ、私の家でもよければすぐにお連れしますので」

これ以上、我慢なさることはありません、と訴えかけてくる細川の、自分の身を心から案じてくれている気持ちは本物だとわかったが、颯人は彼の申し出を受けるのを躊躇《ためら》った。

「……ありがとうございます。でも僕、まず藤本さんと話をしようと思います」

「坊ちゃん、それは……」

やめておいたほうが、という細川に颯人は「大丈夫です」と笑ってみせた。

「藤本さん、ホテルを救ってくれたんです。そのお礼も言いたいし」

「ホテルを救う？」

どういうことです、と問うてくる細川に、

「あとで説明しますね」

と告げ、颯人はホテル内へと駆け込んでいった。

周囲を見回し、藤本の姿を探す。

「あ」

そうしてフロント前に立っていた彼を見つけると、颯人は彼へと駆け寄った。

「藤本さん、お話があるんですが」

「後ほどお部屋にお伺いします」

藤本は颯人を見ようともせず、短く答えたかと思うと、きょろきょろと何かを探している様子の来客の女性へと極上の笑顔を向け、

「お役に立てることはありますか？」

と声をかけた。

「わかりました……」

仕事の邪魔をしてはいけない、と颯人は頷《うなず》き、一人、父の部屋へと向かった。

部屋に戻ると颯人はまず、金庫に実印と権利証をしまった。そのまま父の執務机に座り、引き出しを開けてみる。

綺麗《きれい》に整理整頓されていた引き出しの一番上には、母の写真がしまわれていた。

「……お母さん……」

思わず取り出し眺めていたそのとき、ノックの音と共にドアが開き、藤本が姿を現した。

「話というのはなんです？」

淡々とした口調で藤本が問いかけてくる。

「あのっ」

颯人は慌てて立ち上がると、母の写真を机の上に置き、藤本へと駆け寄っていった。

「まずはお礼を言いたくて！　ホテルが売却されなかったのは藤本さんのおかげです。ありがとうございました！」

勢い込んでそう告げた颯人を、藤本は冷めた目で見下ろしていた。

「お話というのはそれだけですか」

「え」

さも、つまらないことで呼び出して、と言いたげな彼の口調に、颯人は一瞬絶句したが、すぐに気を取り直し、言葉を続けた。

「それから謝りたかったんです！　藤本さんは僕のお父さんに酷い目に遭わされていたと……本当にごめんなさい！」

「…………それは、細川から聞いたのですか？」

藤本が不快そうに眉《ひそ》を顰め、確認を取ってくる。

「いえ、その……」

まずい、細川の立場が悪くなる、と答えに窮していた颯人を見下ろし、藤本は、やれやれ、というように肩《すく》を竦め、溜《た》め息《いき》をついた。

「まったく。あなたはいつもそうだ。自分のことよりまず人のこと。私が細川に何かするとでも思っているんですか」

そう告げる藤本の口調は呆《あき》れた、そして颯人を馬鹿にしたものだったが、声音はいつものように淡々とはしていなかった。

「………しないでくれますか?」

そこに救いを見出した――というわけではなかったが、細川を守りたい、と颯人がおずおずと藤本に問いかける。

「……座りましょうか」

藤本は何かを答えかけたが、やがてまた、小さく溜め息をつくと、颯人の父の机の前にある応接セットを顎《あご》で示した。

「はい」

頷き、颯人がソファに座る。その向かいのソファに藤本は腰を下ろすと、じっと颯人を見つめてきた。颯人もまた、藤本を見つめ返す。

暫《しば》しの沈黙が流れたあと、藤本がぽつり、と言葉を発した。

「……あなたはなぜ、私を恨まないんですか?」

「え?」

意味がわからず問い返した颯人に、藤本はまた、はあ、と溜め息を漏らす。

「あの……?」

その溜め息の意味はなんなのか。呆れているのか、それとも怒りを堪えているのか。どちらとも判断がつかず問いかけた颯人を真っ直ぐに見つめながら、藤本が再び口を開いた。

「私はあなたに酷い言葉をかけた。淫《みだ》らな行為をしかけた。あなたからしたら理不尽だったでしょう？　なのになぜ、あなたは怒らないのです？　私を恨まないのです？」

「だってそれには、理由があるから……」

父が藤本に同じことをしていたのなら、自分がされても仕方がない。颯人は心からそう思っていたのだが、藤本はそれを聞きまた、

「なぜです？」

と問いを重ねてきた。

「理由というのは、社長が私にしてきたことでしょう？　私はあなたで恨みを晴らそうとした。でもあなたは私に恨みを感じないという。普通、酷い目に遭わされたら相手を恨むものでしょう？　復讐したいと思うでしょう？　その気持ちがなぜあなたにはないんですか」

「それは……」

問いかけてくる藤本は厳しい顔をしていたが、颯人は不思議と彼を怖いと思わなかった。彼が純粋にその理由を知りたがっている、その気持ちが伝わってくる。

「……理由を知ったからだと思います。僕のお父さんがあなたのご両親を死に追いやったと……それだけじゃなくお父さんは、あなた自身にも酷いことをしていたと……」

「私を酷い目に遭わせたのは社長で、あなたじゃない。父親だから庇《かば》うのですか？　父親とい

っても、普段、あなたを放置しているような男ですよ？　なのになぜそうも自分を犠牲にするんです？　血が繋《つな》がっているからですか？」

次々と問いを発してくる藤本に颯人は、首を横に振り続けた。

「違います……あ、お父さんが僕をかまってくれなかったというのは事実ですけど、お父さんがしたことだからというよりは、なんていうか……」

自分が恨みに思わない理由を颯人は一生懸命探していた。憎しみや恨みがわき起こってこないのは事実だが、その『理由』までは考えていなかった。しばらく考えやがて、これかな、というものを見つけると、それを藤本に告げることにした。

「……僕がもしも、藤本さんの立場だったら、と考えたんです。ご両親が亡くなったとき、とても哀しかっただろうなと……そんな藤本さんを恨むことはできないなと……」

「…………………」

それを聞き、藤本は何かを言いかけたあとに沈黙した。

「……あの……」

何か気に障ったのだろうか、と颯人がおずおずと藤本に問いかける。

「……六年前、両親が死にました」

ぽつり、と藤本が言葉を発する。なに、と颯人は思ったのだが、問いを挟むのは憚《はばか》られる雰囲気だったために何も言わず、俯《うつむ》いたままぽつぽつと言葉を続ける藤本を見つめていた。

「会社が多額の負債を抱えて倒産したため、生命保険でそれを補塡《ほてん》しようとしたのです。従業員たちの給与もそれで賄おうとしていた。自分たちを信じてついてきた皆に迷惑はかけられないと――」

ここで藤本は一旦口を閉ざし、はあ、と溜め息を漏らしたあと、また話を続けた。

「親戚に宛てた遺書もありました。私のことを頼むと書かれていました。私に対しては一言、謝罪の言葉だけが残されていました。子供を見捨てて死んでいくことを恥じていたのでしょう。『立派に生きろ』などとはとても書けなかったのだろうなと思います」

「…………」

ふっと笑う藤本に対し、颯人は何か言葉をかけたかったが、何も浮かばなかった。それゆえ黙り込んだ彼を一瞬だけ見やり、また目を伏せると、藤本は話し始めた。

「会社の倒産は帝都《ていと》ロイヤルホテルから仕事を切られたためでした。創業以来一社独占だった父の会社は、他の客先を持たなかった。それを経費削減を理由に冷酷に切り捨てたホテルを私は恨みました。いつかこのホテルに復讐してやる。父や母の無念を社長に思い知らせてやる。それにはまずホテルを知ることが大切だとアルバイトとして潜り込んだところ、社長に目をかけられ、あっという間に社員に昇格しました」

ぽつ、ぽつ、と藤本は話を続けていく。颯人はじっと彼を見つめ彼の言葉に耳を傾けていた。

「いきなりの昇格に、てっきり私は社長が私の素性に気づいたのだろうと思い込みました。社長なりの贖罪《しょくざい》のつもりかと考えたのですが、社長の口からはそういった言葉が告げられることはありませんでした。そのうちに社長は私に性的な嫌がらせをしかけるようになりました。私があなたに為したのと同じようなことを……」

「……っ」

すでに細川から聞いてはいたものの、実際にそれを受けた当人である藤本の口から聞かされ、颯人はショックを覚えて息を呑《の》んだ。

その音が聞こえたのか、藤本は一瞬顔を上げたが、すぐにまた目を伏せ話を続けた。

「憂さ晴らし——だったのだと思うようにしていました。ホテルの経営は当時、なかなか厳しい状況でしたから。しかし実際は違ったのです。勿論《もちろん》、憂さ晴らしの意味もあったのでしょうが、社長は私が、倒産したクリーニング業者の息子だと知っていたのです」

「え……っ」

さすがにそれには驚き、颯人はつい声を上げてしまった。藤本がまた目を上げ、颯人を見る。

「……社長が私を社員に取り立てたのも、性的な嫌がらせをしたのもすべて、私の素性をわかっての——私が社長に恨みを抱いている人間だとわかってのものだったんです」

「そんな……」

酷い、と口の中で呟いた颯人の前で、藤本は一瞬苦笑めいた笑みを浮かべたあと、また、淡々とした口調で話し始めた。

「自分に牙《きば》を剝《む》く可能性のある人間は、遠ざけるよりも身近に置き目を光らせる——それが社長の方針でした。性的嫌がらせは私を屈服させたかったという理由もあったのでしょう。そうと気づいたとき私は、心の底から社長を——あなたの父親を憎み、いつの日にか復讐してやると改めて心に誓ったのです」

「…………ごめんなさい…………」

颯人の口から謝罪の言葉が漏れ、瞳からは堪えきれない涙がぼろぼろと零《こぼ》れ落ちていた。

「…………あなたが謝る必要はありません」

藤本がそう告げ、内ポケットから取り出した白いハンカチを差し出してくる。

「……え……？」

思いやりとしかいいようのない行為に、颯人は驚き顔を上げた。

「どうぞ」

にっこりと微笑《ほほえ》み、藤本が尚もハンカチを差し出してくる。

「……ありがとうございます……」

受け取ったのは、せっかくの気遣いを無にするのは悪いと思ったためと、もう一つ、いつもは少しも笑っていない藤本の目に微笑みを見出したためだった。

今、彼は心から微笑んでいるように見える。でも一体なぜ、と思いつつ涙を拭《ぬぐ》っていた颯人の前で、藤本は話を再開した。

「部屋で倒れている社長を見た瞬間、このまま放置しておけば死ぬのでは、と思ったのは事実です。救急車を呼んだのは、人道的見地から――というよりは、社長の部屋に入るところを他の従業員に見られたためでした。それで社長が一命を取り留めることになったことに苛立《いらだ》ちを覚えていたとき、息子のあなたが目の前に現れた。父の命の無事を知り嬉し涙を流すあなたを見た瞬間、自分が父を亡くした際のあれこれがフラッシュバックのように頭に蘇《よみがえ》ってきたんです」

藤本が、やりきれない、といったように溜め息をつき、また話に戻る。

「理不尽だと思ってしまった。八つ当たりにしか過ぎないことは勿論、理性ではわかっていましたが、感情が追いつかなかった。それであなたに対し、私が社長に受けた性的嫌がらせを与えることを思いついた。それが社長への復讐だと――」

ここで藤本がまた、すっと目を伏せる。颯人もまた目を伏せ、彼の話の続きを待った。

「……社長にそれを知らせた際、ショックを受けたあの人を見て、やった、と私は心の中で拳を握り締めました。一矢くらいは報いることができたのではないかと。ただ――」

言葉を途切れさせた藤本を、颯人が顔を上げて見やる。藤本もまた目を上げ、颯人を真っ直ぐに見つめた。

またも暫しの沈黙が二人の間に訪れる。

「……気持ちが昂揚《こうよう》したのは一瞬でした」

ぽつり、と藤本が喋《しゃべ》り出し、沈黙を破った。寂しげにそう告げると、藤本はまた目を伏せ話を始めた。

「そんなときに、あなたが私に権利証と実印を渡すと言ってきた。わけがわからず問い詰めると、専務に私の素性を聞いたのだと言う。専務が前々からホテルの買収計画に手を染めていることは知っていました。社長が倒れたタイミングで動くことも予想していましたが、まさか自分が巻き込まれるとは思わなかった」

苦笑する藤本に対し、颯人はなんと言葉をかけていいかわからず相変わらず口を閉ざしていたのだが、そんな彼の前で藤本は、苦笑したまま話を続けていった。

「すぐ、専務の画策だとわかりました。が、まさか専務もあなたが私に権利証と実印を渡そうとするとは想定外だったのでしょう。私にとってもあなたの行動は想定外でした。あなたはホテルを私の好きにしていいと言った。父親のしたことをそれで償いたいと言った。辱《はずかし》めを与えられた相手ですよ？　父親の大切なホテルですよ？　なぜそんなことができるのかと問うとあなたは、六年前、私に会ったからだという。それを聞いて思い出したんです。あの降りしきる雨の中、傘を差しだしてくれた子供のことを――」

「……………藤本さん……」

遠い目をし、語り続ける藤本は、颯人の呼びかけに気づいていないようだった。

「父と母を私から奪った憎いホテルに――御巫《みかなぎ》社長に、恨み言の一つも言ってやりたくてホテルに来たはいいが、社長に会う術《すべ》もなく、それでも立ち去りがたくて立ち尽くしていた私に、可愛《かわい》い子供が傘を差しだしてくれた。私の姿はホテルに出入りする多くの人が、訝《いぶか》しそうに見ていたのに、誰一人として傘を差しかけてくれる人も、それどころか声をかけてくれる人すらいなかったというのに、小さなその少年だけが私を気遣ってくれた」

藤本の瞳がきらきらと煌《きら》めいている。その煌めきが彼の瞳に溜まる涙ゆえということに、颯人はまだ気づいていなかった。

「あの頃――父と母が亡くなったあと、両親があれだけ気遣っていた従業員は皆、たいして感謝の念を抱くことなく、金だけはしっかり貰って私の傍を離れていきました。親戚もまた、心中事件を起こした夫婦の息子とはできるだけかかわりを持ちたくないというのがみえみえでした。誰からも顧みられず、孤独感に苛《さいな》まれていた私を唯一気遣い、傘を差してくれた少年があなただった――それに気づいたとき私は………」

それまで滔々《とうとう》と喋っていた藤本が、ここではっとしたような顔になり、口を閉ざす。

「?」

どうしたのだ、と颯人が思わずまじまじと顔を見つめる中、藤本は軽く咳払いをし、また喋り出したが、話は少し前に戻っていた。

「……あなたに権利証と実印を差し出されたとき、私はいらないと断りました。このままこの権利証と実印が専務の手に渡れば、にっくき社長のホテルは人手に渡ることになる。それこそ私の望んだことのはずだったのですが――」

藤本がここでまた沈黙し、颯人を見る。

「……あの……」

確かに、叔父に権利証と実印が渡っていたら、ホテルは外資系企業に買収されていた。叔父の家でそのことに気づいたが、防御しようにも叔父と聖夜《せいや》、二人がかりでは到底かなわず、もう少しのところで権利証を奪われるところだった。

それを救ってくれたのは――と、颯人は黙り込んだ藤本に向かい、問いかけてみた。

「あの……なぜ、僕を――ホテルを助けてくれたんですか……?」

「……」

颯人の問いに藤本は、少し言葉に迷うような顔をしたあと、ふっと笑い肩を竦めた。

「どうしてでしょう……自分でもよくわかりません」

「……藤本さん……」

今まで見たことのない彼の笑みに、颯人は驚いたためについ名前を呼んでしまった。

「はい?」

問い返してきたその顔に浮かぶ笑顔もまた、いつもの彼の作った笑みではない。ごくごく自然の――心から笑っている顔だ、と思った途端、颯人の胸に熱いものが込み上げてきた。

「どうしました?」

ぽろ、と颯人の瞳から涙が零れたのを見て、藤本が驚いたように目を見開く。

「わ、わかりません……」

颯人自身、自分がなぜ急に泣きたくなったのか、まったくわかっていなかった。哀しいというより、嬉しいという気持ちであることはわかる。だがなぜ、藤本に心から微笑まれたことが、『嬉しい』のかはわからない。

「……すみません、大丈夫です」

先ほど渡してもらったハンカチで涙を拭い、藤本を見る。

「あなたも『わかりません』ですか」

藤本はまた、颯人の胸を熱くする『自然な笑み』を浮かべてみせたあとに、ぽつりと呟いた。

「多分——私は自分を恥じたのです」

「え？」

唐突な藤本の言葉に、颯人の口から戸惑いの声が漏れる。

「これではわかりませんよね」

藤本は苦笑すると、改めて颯人を見つめ口を開いた。

「あなたと出会って——いいえ、再会して、あなたの真っ直ぐな心に触れて、私に自分の復讐心を恥じる気持ちが生まれました。私に理不尽な辱めを受けても、あなたは私を恨まない。逆に私に謝り、ホテルを与えようとすらしてくれた。あなたにはなんの非もなく、私が完全に悪いというのに、それでもあなたの胸に復讐心は生まれない——そんなあなたを目の当たりにし、改めて私は考えさせられました。果たして私の復讐を両親が望んでいたかと」

「……藤本さん……」

呼びかけた颯人に藤本は微笑みながら首を横に振ってみせる。

「両親が死ぬのに私を道連れにしなかったのは——私を生き残らせたのは、何もホテルに復讐させるためではなかった。自分たちの保険金で負債をきっちりと返すつもりだったあの人たちが、復讐心などという醜い心を抱いているわけがなかったんです。それに私はずっと気づかなかった。両親のことをまるでわかっていなかった、そんな自分を私は恥じました」

そこまで言うと藤本は、颯人の前で深く頭を下げた。

「今まで申し訳ありませんでした。謝罪したところで許されることだとは到底思えませんが、せめて謝らせてください」

「ま、待ってください。そんな、謝ってもらうようなこと……っ」

真摯《しんし》な謝罪に颯人は心底慌て、ソファから立ち上がり藤本へと駆け寄っていった。

「藤本さんには感謝しています！　あなたがいなければホテルは人手に渡っていました！　それに僕の父に復讐したかったという気持ちはよくわかります！　僕があなたであってもきっと、同じことを考えたかと……っ」

藤本に頭を上げてもらいたくて、彼の隣に座りそう訴えかけていた颯人の声がそこで止まったのは、不意に顔を上げた藤本にその場で抱き締められてしまったからだった。

「……藤本さん……?」

息が苦しいくらいにきつく抱き締めてくる藤本に、颯人は戸惑いの声を上げた。

「……申し訳ありません」

藤本もまた、はっとした様子で颯人から腕を解く。

「いえ………」

身体を離し、微笑みかけてくる藤本を見つめる颯人の頰《ほお》にはカッと血が上ってきた。藤本もまた頰に朱を走らせたまま颯人を見つめ返している。

「あの……」

今の抱擁は一体なんだったのか、と颯人が問おうとした声と、

「……病院に参りましょう」

という藤本の声が重なって響いた。

「病院?」

「はい、専務の件を社長に報告したほうがよろしいかと」

なぜ病院に、と問い返した颯人に、藤本が理由を説明する。

「……お父さんに……」

父はまたショックを受けるだろうなと、颯人の気持ちは翳《かげ》ったが、そんな颯人の心を読んだ

かのように藤本が笑顔を向けてくる。

「ご容態を見て、報告するか否かを決めますので」

「……ありがとうございます」

既に藤本はいつもの、礼儀正しい、淡々とした調子を取り戻していた。そのことにも少し、寂しさを感じながらも颯人は頷き、藤本に導かれるがまま部屋を出て父の入院する病院へと向かったのだった。

10

病院へは細川の運転する社有車で向かったのだが、細川に対する藤本の態度はもう、居丈高なものではなかった。

細川は戸惑い、ちらちらと颯人に視線を向けてきた。あとで説明するから、と颯人がバックミラー越しに細川に頷いたあたりで、車は病院へと到着した。

ＩＣＵの待合室には、いるはずの叔母の姿はどこにもなかった。

「専務から連絡がいったのでしょう」

それでも周囲を探そうとする颯人を「無駄です」と促し、藤本は彼をＩＣＵへと連れていった。

面会の準備を整え、中へと向かう。看護師の話だと父親の容態は随分落ち着いているということだった。

「お父さん」

ビニールで囲われた覆いの中に入り、颯人が父に呼びかける。

「……来たか」

それまで目を閉じていた父は颯人の声で目覚めたのか、うっすらと目を開いたのだが、颯人の背後に控えていた藤本の姿に気づいたらしく、カッと目を見開いた。

「なんの用だ」

弱々しいながらも怒気を含んだ声を出した父に、藤本が深く頭を下げる。

「ホテルに関するご報告と、それから退職のご挨拶《あいさつ》に参りました」

「退職?」

ここで大きな声を上げたのは父ではなく颯人だった。

「聞いていません。退職ってどういうことですか?」

思わず縋《すが》り付いた颯人に藤本は、

「お声が大きいですよ」

と微笑むと、呆然《ぼうぜん》とその様子を見ていた颯人の父に向かい、再度頭を下げた。

「私を高村通夫《たかむらみちお》の息子とご存知の上でご採用くださり、ありがとうございました。『執事』の役職までいただきましたこと、心より感謝いたします。こうして自ら素性を明らかにした以上、ホテルで『執事』を続けるのは問題かと思いますので、退職させていただきたいと考えています。辞表は後ほど、ホテルにお届けいたします」

よどみなく言葉を続けた藤本は、颯人が口を挟むより前に、

「そしてご報告ですが」

と淡々と話を続けていった。

「かねてより社長が懸念なさっていたとおり、専務がR社の買収話に乗り、ホテルの権利証と実印の持ち出しを颯人様に依頼なさいました。契約締結間際であったため、私からR社に連絡を入れ、社長にその意思はない旨お伝えいたしました。買収話は白紙に戻っております」

「……そうか」

藤本が話し終えると父は一言そう言い、ふう、と息を吐き目を閉じた。

「それでは、私はこれで失礼いたします。今までありがとうございました」

深く頭を下げ、藤本が一人ビニールの覆いの外へと出ようとする。

「待ってください、藤本さん！」

その背に颯人は縋り、足を止めさせたあと、父を振り返った。

「お父さん、ホテルが無事だったのは藤本さんのおかげなんです！　お父さんは藤本さんに散々酷いことをしてきたのに、藤本さんはホテルを——お父さんが何より大切にしているホテルを守ってくれたんです！　このまま辞めさせていいんですかっ」

颯人が叫ぶ声がＩＣＵ内に響き渡る。

「御巫さん、静かにしてください！」

慌てて飛んできた看護師に注意され、颯人がはっとして黙った、その隙を突くようにして藤

本が、

「それでは失礼いたします」

とまた、その場を去ろうとする。

「待ってくれ」

颯人が彼の背を呼び止めようとするより早く、声をかけたのは——颯人の父だった。

「藤本君……いや、高村君」

弱々しい父の声は藤本の足を止める力があったらしく、藤本が父を振り返る。視線が合った途端、父が上体を起こし藤本に向かい深く頭を下げるのを、颯人は夢でも見ているのかという驚きと共に見つめていた。

「本当に申し訳なかった………お詫《わ》びのしようもない。君のご両親のことも、そして君に対する所業も……」

「…………」

父の謝罪に対し、藤本は何も答える気配がない。やはり、今更謝ったところで許せはしないのだろうか、と思い、颯人が見やった先には藤本の愕然とした顔があった。

「申し訳ない……っ」

尚も深く頭を下げ、詫びる父が、ごほごほと咳き込む。

「お、お父さん」

大丈夫、と颯人が慌てて駆け寄るその後ろから、藤本もまた駆け寄り、父の背を支えて横たわらせた。

「……高村君……本当に……」

申し訳ない、と繰り返す父に対し、藤本が笑顔で首を横に振る。

「……まさか社長の口から、謝罪の言葉を聞ける日が来るとは思っていませんでした……」

ここまで告げたあと、藤本は、はっとした顔になり、言葉を続ける。

「嫌みで申し上げているのではありません。これでもう完全に吹っ切れました」

ありがとうございました、と頭を下げ、藤本が立ち去ろうとする。

「待ってくれ、藤本君」

と、父は何を思ったか、藤本を再び呼び止め、振り返った彼に驚くべき言葉を告げた。

「私は社長の職を辞そうと思う。ホテルに関しては君に一任する。売ろうが潰《つぶ》そうが君の好きにしてくれていい」

「お、お父さん？」

一体何を言い出したのか、と颯人が驚き声をかける。

「社長？」

藤本も戸惑ったように問い返したあと、看護師の姿を探すように周囲を見渡した。

「別に錯乱しているわけじゃない。考えに考えた結果だ」

父が苦笑し、首を横に振る。

「しかし……」

「……本当に今更のことだが……こんな状況になって私は自分の過ちに気づいた」

父はそう言うと、視線を颯人に向けた。

「お父さん……?」

何を言おうとしているのか、と颯人が父に問いかける。

「……妻を亡くした寂しさを紛らわせるために、私は仕事に没頭した。子供の世話など一つもしなかっただけでなく、邪魔にすら思っていた。地方の全寮制学校に進学させたのもそのためだ。だが、この間、息子に――颯人に、自分が受けたような仕打ちをすると君から宣言され、改めて自分にとって何が大切であるかを認識した」

父はそう言うと、視線を颯人へと戻し、ぼそり、とこう呟いた。

「今まで放置していて悪かった……私にとって大切なのは、お前だ。家族だ。ホテルのためにお前を犠牲にしたくなかった。お前を泣かせてまでホテルを守ることなどあり得ない」

「お父さん………」

思いもかけない、自分への熱い気持ちのこもる告白は颯人の胸を直撃し、彼の瞳からは嬉しさを物語る涙が零れ落ちていた。

「……それに気づいたとき、私は改めて君に対し、いかに酷いことをしてきたかを思い知った。

君のご両親を死に追いやったのは誰でもない、私だ。君の大切な家族を奪った罪滅ぼしをさせてほしい……今更何を、と言いたい君の気持ちもわかるが、どうか私に償いをさせてくれ」

頼む、と訴えかける父を藤本は無言で見返していた。

「……償わせてほしいのだ」

再度父が藤本に声をかける。

「…………私も……颯人様に出会うまで、自分の愚かさに気づきませんでした」

藤本は振り返り、そう告げると、

「え？」

自分の名が出たことに驚き声を漏らした颯人に向かい、にっこりと笑いかけた。

「……颯人様は専務に、私がホテルの権利証を欲していると騙《だま》され、ホテルからの持ち出しを依頼されました。しかし颯人様は権利証と実印を専務にではなく、私に渡すと仰《おっしゃ》ったのです。私の身になれば怒りも苦しみもわかると仰って――颯人様に言われるまで、私は社長の立場に立って考えたことがありませんでした」

「……藤本君……」

父が呆然とした顔で彼の名を呼ぶ。藤本は父にも微笑むと、一言一言、言葉を探すようにして話を始めた。

「……社長が父のクリーニング会社を切らざるを得なかったのは、ホテルを守るためでした。

ホテルの内部に入り当時いかにホテル経営が苦しかったかを理解しました。削減できる経費は削減しないと、ホテルの経営自体がたちゆかなくなるほどだった――ホテルを守るためにはいたしかたない決断だったと、今では理解できます」

「……しかし私は、亡くなった君のご両親に対し、誠意ある行動をおこさなかった。そればかりか君にも酷い仕打ちを……」

苦渋に満ちた表情で父が呻《うめ》くのを、颯人は複雑な気持ちで見つめていた。

やはり父は、藤本の両親ばかりでなく藤本に対しても酷い振る舞いをしたと、本人の口から聞かされたためだったが、当の藤本は最早、父の所業を許していた。

「そのことはもう、いいのです。私も忘れますので、社長もどうぞお忘れください」

それでは、と藤本がみたび、その場を辞そうとする。

「待ってくれ」

父が身体を起こし、呼び止めようとするのを、慌てて颯人が止めた。

「お父さん、安静にしていないと……っ」

「社長！」

藤本もまた、慌てて父の傍に戻ってくる。

「……お願いがある、藤本君」

その藤本の腕を掴み、父が彼に訴えかけ始めた。

「私は社長の座を颯人に譲る。君は今までどおり『執事』としてホテルに残り、颯人を支えてはもらえないか」

「なんですって？」

「お父さん!?」

藤本が目を見開き、颯人が大きな声を上げる。

「御巫さん、静かにしてください」

またも飛んできた看護師に、颯人が慌てて謝っている間に、父は藤本に向かい切々と訴え始めた。

「弟の裏切りも私の不徳のいたすところだ。専務という役職を与えていたが、彼の助言に何一つ私は耳を貸さなかった。弟の不満の種を育てたのは私自身だった。彼を失ってしまった今、颯人を支えてくれる人間は誰もいない。それで君に頼みたいのだ。今回、ホテルの危機を救ってくれたように、これから先もホテルを守ってほしいと……」

社長が藤本に向かって真っ直ぐに手を伸ばす。藤本はじっとその手を見つめていたが、やがて微笑み、手を伸ばして父の手を取った。

「……藤本君……」

父の顔がぱっと輝き、安堵の表情が広がっていく。

「……考えさせてください……」

藤本が告げた言葉は許諾ではなかったが、それが拒絶でないことを父は喜んだようだった。

「ありがとう……本当にありがとう……」

藤本の手を握り締め、何度も礼を言う父の姿を、そしてそんな父を微笑みながら見返す藤本の姿を、颯人は言葉もなく見つめていた。

そこには最早、復讐する者とされる者の姿はなかった。憎しみを昇華した藤本の顔を、己のしてきたことを悔いる父の顔を見つめる颯人の胸には、熱い思いが込み上げていた。


その後、颯人は待合室に残り、藤本は業務に戻るべくホテルに向かった。医師の話では、間もなく一般病棟に戻れるということだったが、この先病院への付き添いは自分だけになるのだろうな、と溜め息をついた颯人の目は、よく見知った人物の姿を認めた。

「あ……」

近づいてきた彼を——聖夜を見て、颯人は待合室の椅子から立ち上がった。

「……ごめん、ここかなと思って……」

聖夜がおずおずと颯人に声をかけてくる。

「……伯父さん、大丈夫?」

座っていいか、と問うてきた聖夜に、勿論、と頷き、並んで腰を下ろすと、颯人は気になっていたことを尋ねた。

「大丈夫……じゃないけど、まあ、自殺とかはしないと思う」

「自殺……」

そんな、と目を見開く颯人に聖夜が慌てて、

「だから、しないって」

と首を横に振ってみせる。

「……ホテルはクビだろうし、そうなりゃすり寄ってきた外資系企業からもそっぽを向かれる。もうおしまいだと喚《わめ》いてはいたけど、もともと死ぬような勇気ある男じゃないから」

「……ほんとに大丈夫かな……」

話を聞いているだけで心配が募ってきた颯人に聖夜は、

「大丈夫だって」

と笑ったあとに、改めて深く頭を下げて寄越した。

「本当に申し訳なかった。俺、あのとき親父に加勢しちゃって……」

「そのことはもういいよ。仕方ないもの」

今度は颯人が慌てて首を横に振り、聖夜の肩に手をかけて顔を上げさせようとした。

「それにね、お父さん、叔父さんに悪かったって言ってたよ。叔父さんがホテルの買収話に乗

ってしまったのも、自分が叔父さんの声に耳を傾けようとしなかったせいだって。だからもし、叔父さんがホテルに残りたいといえば、お父さんだってきっといやとは言わないと思うんだ」

「……それはさすがに、難しいだろうな」

聖夜が苦笑し、己の肩に置かれた颯人の手をぽんと叩《たた》く。

「難しくないよ」

「いや、買収話を持ちかけてきた外資系企業からも親父の件は漏れるだろうし、そうなると従業員の手前、伯父さんは親父のクビを切らざるを得なくなる。ホテルを売ろうとした人間の下では誰も働きたくないだろうからね。親父ももう、ホテルに戻る気はないと思うよ」

聖夜の口調はあっさりしていた。割り切っているのだな、と颯人は彼の、さばさばした表情を見上げる。

「でもさ、ホテルはクビになっても、親戚ってことにはかわりないだろ？　伯父さんには他に親類はいないし、下手したらお前がずっと病院に泊まり込むことになるんじゃないかと思ってさ。それで来たんだ。俺とお袋で、これからも交代して付き添うからさ、安心してくれよな」

「そんな……悪いよ」

遠慮する颯人に聖夜は、

「罪滅ぼしだと思って、やらせてくれよ」

と改めて頭を下げる。

「聖夜が罪滅ぼしなんてする必要ないよ」

「ある。俺、お前を裏切ったもの」

頼む、頼む、と頭を下げられ、颯人は渋々彼の申し出を受け入れた。

「……よかった」

聖夜がほっとした顔になり、颯人をじっと見つめてくる。

「従兄弟《いとこ》ってだけじゃなく、まだお前の友達でいさせても、もらえるかな？」

「勿論！」

友達をやめるという選択肢は、颯人側にはなかった。それで即答した彼の横で、聖夜は泣きそうな顔になったかと思うと、がばっと颯人に抱きついてきた。

「ありがとう！　颯人！」

「お礼を言われることなんて、してないよ？」

焦りながらも、颯人もまた、こうも喜んでくれる聖夜に対し喜びを感じていた。

友達を失わなくてよかった――自分にとって聖夜が大切な友人であるのと同じく、聖夜にとっても自分も友人と思ってもらえることが嬉しいと、颯人はしっかりと聖夜の背を抱き締め返し、この先も変わらぬ友情を彼との間に育んでいきたいと切に祈ったのだった。

　それから二時間ほど颯人は病院にいたが、父の容態は落ち着いており、もう付き添いの必要はないと看護師に言われ、聖夜と共に病院をあとにした。

　病院のエントランスでは細川が待機しており、颯人と聖夜をそれぞれホテルと汐留《しおどめ》のマンションまで送ってくれることとなった。

　聖夜がいるため、細川に込み入った話はできなかったものの、先に藤本から何か話があったようで、細川は晴れ晴れとした顔をしていた。

　ホテルに到着すると颯人はまず、藤本の姿を探し、フロント前に佇《たたず》む彼を見つけた。

「藤本さん」

　駆け寄り声をかけると、藤本はにっこりと微笑んでみせたが、それはいつもの営業スマイルだった。

「申し訳ありません。今、立て込んでおりますので。後ほどお部屋にお伺いいたします」

　そう告げたかと思うと彼は、ポケットから社長の部屋のカードキーを取り出し、颯人に手渡してくれた。

「ありがとうございます……」

　礼を言ったが、藤本の様子が以前に戻ってしまったことがなんとなく寂しくて、颯人はちらと彼の顔を見上げた。

「………あとで参りますので」

と、藤本は声を潜めてそう告げたかと思うと、目を細め、ニッと笑いかけてきた。

「あ、はい」

『営業スマイル』ではないその笑顔を見た瞬間、颯人の胸がどき、と高鳴る。

慌てて返事をし、エレベーターに向かい駆け出した颯人は、自分の頬がなぜこうも熱いのかと戸惑いまくっていた。

部屋に戻ると既に清掃はすんでおり、テーブルの上にはコーヒーポットがカップとソーサーと共に置かれていた。

ソファに座ってコーヒーを飲んでいると、ドアチャイムが鳴ったので、藤本が来てくれたのだろうと颯人はドアに駆け寄り、大きく内側へと開いた。

「お疲れ様でした」

予想どおり、その場にいたのは藤本で、颯人に向かいにっこりと笑いかけてくる。

「もう、大丈夫なのですか?」

仕事が立て込んでいると言っていたが、と颯人が尋ねると藤本は、

「またすぐ戻らなければなりませんが」

と微笑んだまま、室内へと足を踏み入れた。

「あの、藤本さん。お聞きしたいことがあるのですが」

颯人は彼に確かめたくてたまらないことがあった。それで藤本が部屋に入ったと同時に彼の背に向かいそれを問いかけてしまったのだった。

「このまま、ホテルに残っていただけますよね？」

父に対して藤本は『考えさせてほしい』という答えを返していたが、颯人としては絶対に藤本にホテルを去ってほしくないと思っていた。

なぜ、そう思うのか。自身の心理はよくわからなかったが、それでも颯人は藤本に向かい、必死で自分の希望を訴えかけていた。

「お願いですからホテルに残ってください。僕が社長になるという話は抜きにしても、藤本さんにはホテルに残ってもらいたいんです。お願いします」

「……それは困りました……」

藤本が足を止め、颯人をじっと見下ろしてくる。

「え？」

何が困るのか。もしや藤本はホテルを辞めると心を決めてしまったのか、と不安に駆られ顔を見上げた颯人に、藤本は本当に困ったように笑い言葉を続けた。

「あなたが社長になるのなら——あなたの力になれるのなら、ホテルに残ろうと思っていましたのに」

「ええっ？」

思いもかけない藤本の言葉に颯人が絶句する。

「……私もあなたにお聞きしたいことがあります」

そんな彼を見下ろし、藤本はすっと真剣な表情に戻ると、じっと颯人の目を見つめ問いかけてきた。

「私はあなたに酷いことばかりしてきました。それを許していただけますか？」

「……え……？」

問い返した颯人に藤本が、心の底から悔いている表情、口調で言葉を続ける。

「あなたの身体を弄《もてあそ》び、辱めたことを許してもらえますか？」

颯人の脳裏に、実にいやらしく、そして実に冷たく自分の身体を扱われた記憶が蘇る。

それで傷つきもした。泣きもした。だが、許せないか、顔も見たくないかと問われたら、ノーとしか答えられない、と颯人は藤本を真っ直ぐに見上げこくりと首を縦に振った。

「はい」

きっぱりと返事をした颯人の前で、藤本は一瞬驚いたように目を見開いたが、すぐにその目を微笑みに細め、確認を取ってくる。

「本当に許してくださいますか」

「はい」

再び頷いた颯人の前で、藤本は心底ほっとした顔になるとすっと手を上げ、それを颯人の両肩に置いた。

「……もう一つ、お聞きしたいことがあります」

「なんでしょう」

藤本の手が置かれた部分を酷く熱く感じる。次第に鼓動も速まってきて、声まで震えてきてしまった。

どうしたことか、と己の身体の変化に戸惑いつつも問い返した颯人に、藤本はそっと顔を近づけ新たな問いを発してきた。

「……あなたを辱めるためではなく、純粋に触れたいとお願いしたら、許してくださいますか?」

「……え……?」

意味がわからない、と問い返した颯人は、更に藤本に顔を近づけられ、反射的に目を瞑《つぶ》ってしまった。

「……やはり、おいやですか?」

閉ざされた視界の向こう、気落ちした藤本の声が聞こえる。

「い、いえ、いやというよりは、その……よく意味がわからないというか……」

目を開け、自分の心情を説明した颯人に、少し距離を置いていた藤本がまた、近く顔を寄せてきた。

「失礼いたしました。わかりやすく申しますと……あなたに触れてもいいでしょうか」

「ふ、触れるって……」

今もう、触れているじゃないか、と颯人が肩に置かれた手を見る。

「……確かに」

藤本は苦笑すると、改めて颯人を見つめ口を開いた。

「……憎しみに凝り固まった心が、あなたと出会ったことで氷解しました。あなたの優しい心に触れたことで私は救われた。あなたに感謝の念を抱くと同時に私は……」

ここで藤本が言葉を切り、颯人の肩に置いた手にぐっと力を込める。それを受け、颯人がびく、と身体を震わせた、その震えを押さえ込むように更に藤本は力を込めると、熱い口調でこう告げた。

「私はあなたを、愛しく思うようになりました」

「……それは……」

どういう意味ですか、と問いかけようとした颯人の声にかぶせ、藤本が更に熱い口調で尋ねてくる。

「……唇に触れてもいいですか?」

「あの……」

愛しく思う、というのは、好きだということだろうか。

ようやく颯人は藤本の告白の意味を理解したが、それに対し、どう反応すべきかまでは頭が追いついていかなかった。

「おいやですか？」

だが、藤本は気が急いているのか、颯人に返事を求めてくる。

唇に触れるというのは、キスをしたいということだろうか。近く顔を寄せてきたその行為からするときっとそういうことなのだろうが、果たして自分はいやなのか。

いや——ではない。いやどころか、好きだと告白されたと察した瞬間、胸の鼓動は跳ね上がり、頬が燃えるように熱くなっている。

胸に込み上げる気持ちは、嬉しいとしか感じられないもので、颯人は自分もまた藤本のことを、愛しく思っているのだとようやく自覚した。

「……颯人様」

言葉を発しない颯人に焦《じ》れたのか、藤本が更に唇を寄せ囁いてくる。

「……あの……」

嫌じゃないです、と颯人は告げたかったが、近く近く顔を寄せられたことで更に鼓動が跳ね上がり、何も喋れなくなってしまった。

自分の意思を伝えるにはどうしたらいいか、と颯人は考え、キスを受け入れるということを態度で示そうと、ぎゅっと目を閉じ顔を上げる。

「……触れてもよろしいのですね」

藤本の嬉しげな声がした次の瞬間、唇に温かな感触を得て颯人ははっとして目を開いた。

「…………っ」

焦点が合わないくらいに近づいた藤本の瞳が優しい微笑みに細められる。ぼんやりとその輪郭を見た颯人は堪らない気持ちになり、結果、彼の腕は自然と藤本の背へと回っていた。

颯人にキスの経験はなかった。しっとりとした唇が己の唇を包んでいる。それだけで酷く昂《たか》まる気持ちがしていた彼は、肩にあった藤本の右手が顎へと移り、そっと力を入れてきたのに、どうしたらいいのか、と目を開き彼を見上げた。

「口を開いてください」

唇を離し、藤本が囁いてくる。彼の吐息が唇に触れたとき、びく、と颯人の身体は震え自然と口が微《かす》かに開いた。

藤本はそれを見てにっこりと微笑むと、再び唇を落としてきたのだが、反射的に颯人が唇を閉じようとした、それより前に彼の舌が口内に侵入してきた。

「……っ」

歯列を割るようにして口の中に入ってきた藤本の舌は、颯人の頬の裏を、上顎をゆっくりと舐《ねぶ》り始める。

力を込めた舌先で舐り回されるうちに、颯人の身体に変化が現れた。鼓動は更に速まり、肌がカッと火照ってくる。熱は身体の奥底からきていたが、次第にその熱は身体の一部に——彼の雄に集まり始めた。

藤本の舌が颯人の舌に絡みつき、強く吸い上げる。痛いほどのその刺激に、颯人の身体はまた、びくん、と大きく震え、雄には更に熱がこもった。

「……………っ」

抱き合っているために二人の身体はぴったり密着している。自分が勃起《ぼっき》しつつあることを気づかれたら恥ずかしい、と颯人は身体を離そうとしたが、一瞬早く藤本の左手が動き、腰へと回って今以上に身体を密着させられることになった。

「……あ……」

自分が勃《た》ちつつあるように、颯人の腹のあたりに触れた藤本の雄もまた熱と硬さを有していた。気づいた颯人が思わず声を漏らす。と、藤本は閉じていた目を開き、唇を離して囁いてきた。

「キスだけでこんなになってしまいました。もっとあなたに触れてもいいですか？」

「あ、あの……っ……ちょっと、怖くて……っ」

いやではない。が、怖い、という気持ちが不意に颯人の中に芽生えた。

おそらくその『恐怖』は、未知なるものへの恐怖だった。今まで数回、藤本により性的興奮を与えられてきたが、まだキスしかしていないのに昂まってきてしまっている。

これから先、どんな世界が待ち受けているのか、それが怖い、と竦んでしまっていた颯人を見下ろし、藤本は何かを感じたらしい。はあ、と小さく溜め息を漏らすと、すっと身体を離した。

「………あの……？」

どうしたのだ、と颯人が藤本を見上げる。

「……私のせいですね」

藤本が後悔を声に滲《にじ》ませ、ぽつりと告げた言葉を聞き、颯人は慌てて、

「違うんですっ」

と彼の誤解を解こうとした。

「怖いって、別に、藤本さんが怖いんじゃないんです。キスだけでこんなにドキドキしてしまっているのに、これ以上触れられたら自分の身体がどうなるのかわからなくて、それが怖いんです……っ」

あわあわとするあまり、体裁を整えることもできずに、ただ、自分の思うままを告げてしまっていた颯人を見下ろしていた藤本の顔に笑みが戻った。

「あなたは本当に可愛らしい」

にこ、と微笑んだ藤本が、すっと顔を近づけ、触れるようなキスを颯人の唇に落とす。

「……あ……」

あっという間に唇は引いていき、颯人の視界に極上の笑みを浮かべる藤本の端整な顔が飛び込んできた。

「……可愛くはないと思います……」

笑顔に見惚《みと》れてしまいながらも、先ほどの藤本の言葉を受け、首を横に振る颯人に、

「いえ、可愛らしいです」

と藤本は繰り返すと、ぽん、と彼の両肩を叩き、身体を離した。自然と颯人の手も彼の背から解ける。

「もっとあなたに触れていたい気持ちはやまやまですが、そろそろ職場に戻らねばならない時間となってしまいました」

藤本が残念そうにそう告げ、颯人に微笑みかけてくる。

「……そう……なんですか……」

そういえば藤本は先ほど、あまり時間がないというようなことを言っていた、と思い出しはしたものの、なんだか寂しい、と颯人は藤本を見上げた。

「ホテルの信用にもかかわりますのでね」

藤本は苦笑すると、またすっと顔を近づけ、颯人の額に唇を押し当てるようなキスをし、颯人が「あ」と声を上げたと同時に身体を離した。

「また夜に参ります。そのときまでにお気持ちの整理をつけておいていただけるとありがたい

です」

にっこり、と藤本は、いつもの営業スマイルを浮かべ、颯人に目礼して寄越こした。

「はい」

営業スマイルではあったが、その瞳には自分を思いやる温かな光が宿っている。それに気づいた颯人もまた、にっこりと笑い、大きく頷いてみせた。

「それではまたあとで」

藤本が会釈をし部屋を立ち去ろうとする。

「あの……っ」

颯人は思わず呼び止めてしまったが、藤本が「はい」と振り返り問いかけてきたときには、単に別れがたく思ったがゆえ、声をかけたのだと自覚した。

「ご、ごめんなさい」

仕事に戻るという彼の邪魔をしてどうすると猛省し、謝罪する颯人に藤本が、

「どうしました?」

と問いかけてくる。

「あの、待ってます!」

早く彼を部屋から出さねば、と焦ったあまり、颯人は体裁を取り繕うことなく、正直な気持ちを告げていた。

「…………」

藤本が驚いたように目を見開く。確かに、呼び止めた用件が『待ってます!』では、驚かれるのも当然だ、と、その顔を見る颯人の頬にみるみる血が上っていった。

「あ、あの……」

最早遅いと思いつつ、なんとかフォローを試みようとする彼の目の前で、藤本がくすりと笑い口を開く。

「困りましたね」

「ご、ごめんなさい!」

颯人はてっきり、注意をされるのだと思い、慌てて頭を下げたのだが、続いて耳に響いた藤本の言葉には、真っ赤な顔を更に紅く染めることとなった。

「そうも可愛いことを言われては、すぐさま仕事を片付け、こちらに戻らねばなりませんね」

「……っ」

優しく甘い藤本の声に、思わず顔を上げた颯人に、声同様、優しく、そして甘やかに藤本が微笑みかけてくる。

「それではまた、夜に」

「……はい……っ」

含みをもたせた藤本の言葉に、颯人の頬は燃えるように熱くなり、鼓動は心臓を突き破らんばかりに高鳴っていた。

『夜に』また来るという藤本に対し、自分が何を望んでいるのか、その答えは勿論颯人の胸の中にあったが、認める勇気はなくて、会釈をし部屋を出ていく藤本の後ろ姿をただただじっと見守っていた。

11

夜にまた参ります、という藤本の言葉を聞いてから、颯人にとって時計の針はなかなか進まないものと化していた。

父にも以前言われていた学期末の試験の勉強をしようにもなかなか身を入れることができず、すぐに時計を見てしまう。いけない、とはっとし、また教科書に集中しようとするが、やはりそわそわとしてしまって、一体自分はどうしてしまったのかと颯人は落ち着かない自分自身に戸惑いを覚えていた。

そのうちに夕食時となり、ルームサービスが運ばれてきたが、用意してくれたのは若いボーイで、彼がサーブを終わっても藤本が姿を見せる気配はなかった。

「あの……藤本さんは、お忙しいんでしょうか」

ボーイが立ち去る際、颯人は我慢できずに問いかけてしまった。ボーイは一瞬、戸惑った顔になったものの、すぐに笑顔ですらすらと颯人の問いに答えてくれた。

「本日は大規模なパーティが開催されておりますので多忙にはしておりますが、ご用でしたらすぐお呼びいたします」

「い、いえ、何も用はありません！」

そんな忙しい藤本を、ただ早く顔を見たいという理由だけで呼びつけることなどできない、と颯人は慌てて首を横に振ると、ボーイに食事を運んでくれたことに対する礼を言い、くれぐれも藤本には声をかけないようにと頼んだ。

「かしこまりました」

不思議そうな顔をしつつもボーイは丁寧に頭を下げ、部屋を辞していった。

「…………」

変に思われたんだろうな、と俯く颯人の頬にみるみる血が上っていく。こうも藤本を待ちわびている理由を、ボーイに気づかれたらどうしよう、と思ったせいなのだが、すぐにそんなわけはないか、と気づき、舞い上がっている自分にまた赤面した。

食事をとろう、とテーブルにつくが、やはり気もそぞろでなかなか食が進まない。せっかく作ってもらったものを、申し訳ないじゃないかと自身を叱咤《しった》し、なんとか食事を終えた颯人はまた勉強へと戻ったが、集中力は未だに欠けたままだった。

ようやく時計の針が午後十時を指したが、その時刻になってもドアチャイムが鳴ることはなかった。

藤本は相当忙しいのか。それとも『また夜に』と告げた言葉を忘れてしまったのか。

忙しければ忘れもしよう。そもそも彼とはちゃんと約束を交わしたわけではない。期待に胸を膨らませて待ち続けるより、今夜はもう来ないと諦《あきら》めたほうがいいかもしれない。そんなことを考えた直後に、ただ仕事が立て込んでいるだけで、来てくれるのではないかという思いが頭をもたげる。

もしも来てくれたとしたら、どうやって迎え入れればいいのか。ただ待っていればいいのか。それとも何か、準備のようなことは必要なのか。たとえば入浴を済ませておく、とか——と、その考えに至ったとき、颯人の鼓動は高鳴り、天使のごときその顔は真っ赤になっていた。

藤本に抱き締められ、キスをされた。下肢同士がぴたりと重なっていたため、彼の雄の熱と硬さをしっかりと自身の下肢に感じてしまった。自分もまた昂まってしまっていたのだけれど、藤本も同じく昂まっていたその証を思い起こすだけで、颯人の身体が震えてくる。

今まで藤本の手で、何度もいかされた。理由のわからない行為は嫌悪と恐怖を呼び起こしたが、今、思い返すそれらの行為は酷く甘美に感じられた。

いやだいやだと思いながらも、結局は藤本の手の中で達してしまっていたことを思い起こしては、もしかしたら自分は酷く淫らな性質をしているのではないかと軽く落ち込む。

淫らだからこそ、藤本の来訪を待ちわびているのだろうか、と考えると、なんだか自身が汚いもののように思えてきてしまい、更に落ち込みが増したそのとき、待ちわびていたチャイムの音が室内に響いた。

「はい！」

答える声がやたらと大きく、しかも震えてしまったことを恥じつつ、ドアが開くのを待っていた颯人は、いつまで経っても開かないドアに疑問を覚え駆け寄っていった。

「あ」

おずおずとドアを開き、外に立っていた藤本を見やる。

「入ってもよろしいですか？」

にっこり、と微笑む藤本は相変わらず、一分の隙もない端整な姿をしていた。

「ど、どうぞ」

思わず見惚れてしまいそうになるのを堪え、颯人は慌てて扉を大きく開くと藤本を中へと招き入れた。

違和感があるのは、今まで彼が勝手に部屋に入ってきていたからだと気づくより前に、藤本が苦笑しつつそれを颯人に思い出させる言葉を口にする。

「許可なくお部屋に入るのはどうかと思いまして」

「そんな……か、かまいませんので……っ」

自由に入ってもらってもいいのだ、と主張した颯人に藤本は、

「颯人様のプライベートもございましょう」

と、また、にっこり笑ってみせる。

「あ、あの……」

『颯人様』――その呼ばれ方はちょっと嫌だ、という思いが颯人の胸に芽生えた。

それは今まで藤本が自分を蔑《さげす》むためのツールとしてその呼び方をしていたから、という理由ではない。気持ちの優しい颯人は、そんなことに気づいてすらいなかった。

彼としてはただ、主従関係にもないのだし、ごくごく普通に、年下の相手を呼ぶようにして呼んでほしいという願いから、おずおずとその願いを藤本へとぶつけていった。

「あの……『様』はいいです。僕のほうが年下ですし……」

「……颯人？」

それでは、と藤本が『様』を外す。呼び捨てにされた、と思ったと同時に、颯人の胸はどきんと大きく脈打ち、頬にはカッと血が上ってきてしまった。

「……なんだか、おそれ多いですね」

真っ赤な顔をして黙り込んだ颯人に向かい、藤本が苦笑してみせたが、彼の顔にも照れがあった。

「そんなこと……」

おそれ多いことなどない、と颯人は首を横に振ると、胸に溢《あふ》れる思いをそのまま口にしていた。

「……嬉しいです」

「……本当にあなたは……なんて可愛らしい……」

藤本が感極まったようにそう言い、すっと伸ばした右手で颯人の頬に触れる。

「……っ」

冷たい指先の感触を得た途端、颯人の身体は自分でも思いもかけないほど、びくっと大きく震えてしまった。

「あ……」

それを感じたのだろう、藤本がすっと手を引いたのに、颯人がはっとし顔を上げる。

「……先ほどの続きをしましょうか？」

藤本が相変わらず、少し照れた顔のまま、颯人ににっこりと微笑みかける。

「…………はい…………」

『続き』がどのような行為を意味するか、何も言われずとも颯人は充分理解していた。

こくり、と頷き、同意の意思を伝える。どこか心配そうにしていた藤本はそれを見て安堵したように微笑むと、

「寝室へ行きましょう」

と先に立って歩き始めた。

寝室に入ると藤本は、どうしたらいいのかわからず立ち尽くしていた颯人の背を促し、ベッドへと座らせた。

「……ここではおいやですか？」

そのままそっと押し倒そうとした手を止め、藤本がまたも心配そうな顔で問いかけてくる。

「………大丈夫です」

辱めを受けた場所と同じ場所を——しかも父のベッドを使うことに問題はないか、という藤本の気遣いを、颯人が笑顔で退けたのは、自分がもう過去、彼に受けた仕打ちを忘れているということを表したかったためだった。

「……ありがとうございます」

藤本にはその気持ちが正しく伝わったようで、微笑みそう礼を言うと、ゆっくりと颯人をシーツに倒し、上に覆い被さりながら唇を塞《ふさ》いできた。

「……ん……」

キス——一度や二度、触れられたくらいではとても慣れることができず、息を詰めていた颯人の唇を、藤本は優しく覆いながら、舌で颯人の歯列を割ろうとする。

微かに口を開くと藤本の舌は口内に侵入し、あっと言う間に探し当てた颯人の舌をきつく吸い上げてきた。

「……っ」

ぞわ、とした刺激が颯人の背を駆け抜け、身体がしなる。その身体から藤本は器用な手つきで素早く衣服を剝《は》ぎとっていった。

シャツのボタンをはずし、脱がせたあとにはベルトに手をかける。くちづけを交わしながらズボンを下着ごとさげると彼は、唇を颯人の首筋から胸へと辿らせた。

「……あっ……」

片方の乳首をまさぐりながら、もう片方を口へと含む。ざらりとした舌の感触を得た途端、唇から我ながら悩ましい声が漏れたのに颯人は恥じらい、慌てて両手で口を塞いだ。

「…………」

藤本がちらと目を上げ、愛しげに微笑んでみせたあとに、舌先で乳首を転がすように愛撫《あいぶ》する。

「や……っ……あっ……」

乳首を舌で、時に軽く歯をたてられる刺激と、もう片方に与えられる、指先で摘み上げられたり、抓《つね》られたりする強い刺激で、颯人の息はあっと言う間に上がり、掌で押さえたはずの唇からは、快感を物語る喘《あえ》ぎが零れ始めた。

鼓動も高鳴り、肌も熱し、全身にじんわりと汗が滲んでくる。

ああ、シャワーを浴びておくべきだった、と悔やんだのも一瞬で、すぐにそんな理性は欲情の波に飲まれていった。

「あっ……あぁっ……あっ……」

胸を舐りながら藤本が、すでに勃ちかけていた颯人の雄を握りしめ、親指と人差し指の腹で先端のくびれた部分を擦りあげる。

もっとも敏感な部分に与えられる刺激は、ほんのちょっとしたものでも颯人の身体に絶大な影響を及ぼした。背中が大きく仰《の》け反《ぞ》り、口から高い声が放たれる。

「あっ……やだ……っ……あっ……」

自身では意識していなかったが、胸に、そして雄に与えられる愛撫を受け、颯人の首はいやいやをするように激しく横に振られていた。

それが拒絶ではないことは、彼の口から漏れる甘やかな吐息が証明していたが、それでも藤本は心配だったのか、胸から顔を上げ颯人に問いかけてきた。

「……大丈夫ですか？」

「……っ」

冷静な彼の声が、颯人を一瞬我に返らせた。

「あ……」

見下ろした先、赤く色づく乳首が唾液《だえき》にまみれているさまに、今までそれを舐っていた藤本の形のいい唇が唾液に塗《まみ》れている、淫蕩《いんとう》なその顔に、颯人の頭にカッと血が上り、わけがわからなくなってしまった。

「恥ずかしい……っ」

両手で顔を覆った彼の耳に、藤本の心配そうな声が響く。

「おいやですか？」

「……っ」

いやではない。でもそう答えるのは恥ずかしい。逡巡《しゅんじゅん》していた颯人だが、このままでは藤本が行為を中断してしまうかも、と気づき、勇気を出して顔を手で覆ったまま首を横に振った。

「続けてもよろしいですか？」

確認、とばかりに藤本が問いかけてくる。

「…………」

今度、颯人は、コクコクと首を縦に振ったあと、指の間からそっと藤本の顔を見下ろしてみた。

「…………よかった」

そこには心底ほっとした藤本の笑顔があり、それを見た颯人の胸に熱い思いがこみ上げてきた。

『それではまた夜に』という言葉を残し、仕事へと戻っていった藤本を自分がどれだけ待ちわびていたか、それを伝えたい衝動がわき起こる。

いやなわけがない。心から望んでいたのだ。そう告げようとするより早く、藤本はすっと身体を移動させると、両手で颯人の脚を抱え上げながら下肢へと顔を埋めてきた。

「あぁっ」

すでに勃起していた雄を咥《くわ》えられ、颯人の背はまたも大きく仰け反った。熱い口内を感じただけで達してしまいそうになったが、口に出しては悪いと気づき、必死で射精を堪える。

「気持ちがいいですか？」

颯人を口から出し、先走りの液が滲む先端を舐めながら、藤本がそう問いかけてくる。

「……う……っ」

喋ると達してしまいそうで、颯人はただ、コクリと首を縦に振り、快感を得ていると伝えようとした。

「……もし……」

快楽に打ち震える颯人を見上げ、藤本は一瞬、何かを迷うような表情になった。射精を堪えている颯人はその表情を見逃しただけでなく、続いて藤本から告げられた言葉の意味も理解することができなかった。

「もしお辛いようでしたら、仰ってくださいね」

「………？」

辛い？　と、首を傾げた颯人を見て、藤本は更に何かを言いかけたが、すぐに言葉よりも行動に起こしたほうが早いと判断したらしく、再び顔を伏せると颯人の雄を摑んだ。

「……っ」

二度、三度と扱き上げたあと口を開いてすっぽりと咥える。またも颯人はいきそうになったが、そのとき藤本の手がすっと後ろへと滑り、両手で双丘を割ったかと思うと、今まで誰にも触れられたことなどなかった場所に――颯人の後孔につぷ、と指が挿入された。

「……えっ……」

あまりの違和感に、一瞬にして素に戻ってしまった颯人が戸惑いの声を上げ、彼の身体が強張りかける。が、すぐにそれを察したらしい藤本が、颯人の雄をもう片方の手で摑み、竿を扱き上げながら先端に舌を絡ませてきたその快感に、身体からふうっと力が抜けた。

「…………ん…………」

前を丹念に攻めながら、後ろに挿入した指を藤本がゆっくりと動かしていく。何かを探り当てようとするかのように、内壁を圧していく指の動きは颯人にとって、正直、心地よいものではなかった。

どちらかというと気持ちが悪いといったほうがいいような状態だったが、悪寒が走りかけると藤本の舌が、指が雄を攻め立て、巧みな口淫に気持ちの悪さを忘れるといった感じだった。

「……っ」

だが、ゆっくりと蠢《うごめ》いていた藤本の指が、入り口近いところにあるコリッとした何かに触れたとき、颯人の身体に変化が訪れた。

ふわっと身体が浮いたような気がした直後、すっと落とされる。ブランコに乗っている感覚に近いその浮遊感と引き戻され感が繰り返し訪れるうちに、身体は熱を持ち、次第に息が乱れ始めた。

「あ……っ……なんか……っ……あっ……」

変だ、と首を横に振りながらも、その『変』な感覚が一体何であるのか、次第にわかってくる。

腰のあたりからじわじわと背筋を這《は》い上ってくるのは『快感』だった。後ろに、そして前に間断なく与え続けられる刺激に、颯人の腰は捩《よじ》れ、口からは切羽詰まった喘ぎが漏れ始める。

「あっ……や……っ……あぁ……っ」

自慰すらまともにしたことがない颯人にとって、今、身体に与えられる快楽はあまりに大きすぎた。受け止めようがなく、激しく身悶《みもだ》え、高く喘ぐ颯人の意識は既に朦朧《もうろう》とし、何も考えられない状態となっていた。

ただ、身体が熱く、そして鼓動は心臓が破れるのではと思うほどに速まっていた。射精したくとも藤本の指がしっかりと根本を握っているため、達することもできず、延々と続く快感に、気を失いそうになっていたそのとき、不意に前後から強烈すぎる刺激が失われた。

「あっ」

もどかしさに颯人の腰が捩れる。が、次の瞬間には両脚をがっちりと抱えられ、腰を高く上げさせられていた。

勃ちきった幼い雄が腹に擦れ、先走りの液が肌を濡らす。自分の後ろが壊れてしまったかのようにひくひくと蠢いている、その感覚についていかれずにいた颯人だったが、そこにずぶりと藤本の雄が挿入されてきたのには、さすがにはっとし、彼を見上げた。

「大丈夫です」

藤本がにっこりと微笑んでみせながら、一気に腰を進めてくる。

「あぁっ」

身体が強張る間もなく奥底まで貫かれ、颯人は呆然としてしまっていた。太い楔《くさび》を身体の中に打ち込まれたような感じがしたが、苦痛はなかった。

「……動いてもよろしいですか？」

藤本が抑えた声でそう問いかけてくる。

「……は、はい……」

意味はよくわからなかったが、藤本のすることなら大丈夫、その思いで颯人は頷き、自身を見下ろす彼をじっと見上げた。

「……可愛らしい……」

呟いた藤本の語尾が微かに震える。声を抑えているのは欲情のままに暴走しそうになる己を制御しようとしているため——などということが颯人にわかるわけもなく、それどころか自分のことを『可愛らしい』と言っているということにすら気づかずに、尚も藤本を見上げていると、藤本はごくりと唾を飲み込んだあとに、

「それでは、動きます」

と宣言し、ゆっくりと腰の律動を開始した。

「……ん……っ……んん……っ」

逞《たくま》しい藤本の雄が、颯人の内壁を擦り上げ、また擦り下ろす。そのたびに摩擦熱が生まれ、次第にそこから全身に熱が回っていくうちに、颯人の鼓動は再び速まり、唇からは高い声が漏れ始めた。

「あっ……あぁっ……あっ……あっ……あっ」

ズンズンとリズミカルに奥底を抉《えぐ》られる力強い突き上げが、颯人を快楽の極みへと導いてゆく。繋《つな》がっている部分だけでなく、身体のどこもかしこも火傷しそうなほどに熱くて、どうにかなりそうだった。

「もう……っ……あぁ……っ……もう……っ」

初めて体験する過ぎるほどの快感は、颯人に軽い恐怖を呼び起こした。苦痛はまるでないものの、自分の身体の反応についていかれず、藤本を見上げる目には涙が滲んでいた。

「……お辛いのですか?」

藤本が心配そうに問いかけてくる声が、頭の中で耳鳴りのように響く己の鼓動に邪魔され、聞こえてこない。それでも心配はかけたくないと涙を堪える颯人を見下ろし、藤本はまた、

「……可愛い人だ」

と呟いたかと思うと、抱えていた片脚を離し、その手で、勃ちきり、先走りの液を滴らせていた颯人の雄を握り締めた。

「あぁっ」

一気に扱き上げられる、直接的な刺激に颯人はすぐ達し、白濁した液を藤本の手の中に飛ばしていた。

「……っ」

身体を覆っていた熱を一気に放出し、未だわけがわからず呆然としていた颯人だったが、頭の上で藤本が抑えた声を上げたのを聞いたと同時に、ずしりとした重さを中に感じた。

「…………あ…………」

藤本もまた達したのか、と、微かに汗の滲む彼の綺麗な顔を見上げる颯人の胸に、熱いものが込み上げてくる。

たまらない、という表現がぴったりのその気持ちは再び颯人の涙腺を刺激し、彼の大きな瞳からぽろぽろと涙が零れ落ちた。

「……大丈夫ですか?」

藤本がはっとした顔になり、後ろから萎《な》えた雄を引き抜くと、颯人を抱き起こそうとする。それより早く颯人は両手を広げ、藤本の背を抱き締めていた。

「……颯人……」

しっかりと背を抱き締められたことで、藤本には颯人が辛さや苦しさから泣いているのではないと察したらしい。愛しげに名を呼び、颯人の背を抱き締め返してくれる。

「……愛しています」

耳元で囁かれた藤本の声が、合わせた胸からも震動となって伝わってくる。自分の胸に溢れる想いも――胸一杯につまった彼への愛しさもまた、同じく伝わりますようにと願いながら、颯人は藤本の背をいっそう強い力で抱き締め返したのだった。

翌朝、藤本は颯人の部屋から職場へと向かうことになった。

「……ご、ごめんなさい……」

初めての行為を終えたあと、颯人は泥のように眠ってしまったのだったが、目覚めたとき、藤本がずっと腕枕をしてくれていたことを知った。

きっと彼は自室へと戻りたかっただろうに、自分を起こすまいとして一晩中腕を貸してくれ

ていたに違いない。そう気づいた颯人は、おろおろしつつも藤本に詫びたのだったが、

「どうぞお気になさらず」

藤本はにっこり笑って颯人の謝罪を退けた。

「あなたの可愛らしい寝顔は、いくら見ていても飽きませんでしたので」

気づけば朝でした、と微笑まれ、気遣いから出た言葉とわかりながらも颯人の頰はまた朱色に染まっていく。

「それでは朝の業務を終えたあと、ご朝食をお持ちしますね」

真っ赤な顔をしていた颯人を、それは愛しげに見つめながら藤本はそう言うと、会釈をし、ドアへと向かっていった。

せめてドアのところまで見送ろう、と颯人が彼のあとに続く。

「失礼いたします」

静かにドアを開き、藤本が丁寧にお辞儀をしてから、部屋を辞そうとする。

「いってらっしゃい」

颯人の口から、思わずその言葉が漏れていた。と、ドアを閉めようとした藤本の手が止まり、彼の顔に、あまり見せたことのない、照れたような笑みが浮かぶ。

「……『いってらっしゃい』というのはいいものですね」

ぼそ、と藤本はそう言うと、颯人が答えるより前にドアを閉めた。

「……そうだね……」

家族を早くに亡くした彼は今まで、ごく日常のそうした挨拶を交わす相手がいなかったのだろう、と颯人は藤本の出ていったドアを見つめ、ぽつりと呟く。

幼い頃、父にそうした挨拶をしても、無視をされるのが常だった。だが、挨拶をする相手がいるのといないのとでは雲泥の差がある。

これからは自分が、藤本の日常の挨拶を交わす相手となろう。いいものですね、と喜んだ彼にとって当たり前のこととなるよう、日々、会話を交わそう。

想い想われるのが当然と感じるような——そう、家族のような関係を彼と築きたい。

そう願う颯人の脳裏には、今見たばかりの、照れくさそうに微笑んでみせた藤本の顔が——初対面のときとはまるで違う、己に心を許している様子のその顔が浮かんでいた。

あとがき

はじめまして&こんにちは。愁堂《しゅうどう》れなです。このたびは二十四冊目のキャラ文庫となりました『仮面執事の誘惑』をお手に取ってくださり、本当にどうもありがとうございました。

このところキャラ文庫様では刑事もの、ヤクザものが続いていましたが、今回はまったく雰囲気の違う『執事もの』にチャレンジしてみました。

執事といっても本物ではなく、格好は黒燕尾ですが、お仕事の内容は老舗ホテルのサービス部門総責任者、というちょっとイレギュラーな執事ものです。

ミステリアスな美貌の執事と、天使のような美少年の少々エロティックなお話となりました。とても楽しみながら書かせていただきましたので、皆様にも少しでも楽しんでいただけるといいなとお祈りしています。

イラストの香坂《こうさか》あきほ先生、美麗でクールな執事を、可愛くも美しい颯人《はやと》を本当にどうもありがとうございました。とても雰囲気ある素敵なカラーイラストにどきどきしています。お忙しい中、素晴らしいイラストをどうもありがとうございました。

また今回も担当様には大変お世話になりました。毎度毎度、タイトルを考えていただき申し訳ありません（汗）。これからもがんばりますので、何卒ご指導ご鞭撻のほどよろしくお願い申し上げます。

最後に何より本書をお手に取ってくださいました皆様に御礼申し上げます。よろしかったらお読みになられたご感想をお聞かせくださいませ。心よりお待ちしています。

宝塚ファンの私にとって、黒燕尾は格別に好きな服装ゆえ、今回主役に着せることができてとても楽しかったです。次のキャラ文庫様でのお仕事は来年になりますが、主役にどんな服を着せるお話にしようか、わくわく悩みたいと思っています。

また皆様にお目にかかれますことを切にお祈りしています。

平成二十三年十一月吉日

愁堂れな

（公式サイト『シャインズ』http://www.r-shuhdoh.com/）

この本を読んでのご意見、ご感想を編集部までお寄せください。

《あて先》〒105－8055　東京都港区芝大門2－2－1　徳間書店　キャラ編集部気付
「仮面執事の誘惑」係

■初出一覧
仮面執事の誘惑……書き下ろし

Chara
仮面執事の誘惑……【キャラ文庫】

2011年12月31日 初刷

著者 愁堂れな
発行者 川田 修
発行所 株式会社徳間書店
〒105-8055 東京都港区芝大門2-2-1
電話048-451-5960(販売部)
03-5403-4348(編集部)
振替00140-0-44392

印刷・製本 図書印刷株式会社
カバー・口絵 近代美術株式会社
デザイン 百足屋ユウコ

ISBN978-4-19-900647-0